ABC

Diário da guerra do porco

ADOLFO
BI

Diário da guerra do porco

TRADUÇÃO José Geraldo Couto

COSACNAIFY

OY

CASARES

I

Segunda-feira – quarta-feira, 23 a 25 de junho

Isidoro Vidal, conhecido no bairro como *don* Isidro, desde a última segunda-feira praticamente não saía do quarto nem se deixava ver. Sem dúvida mais de um inquilino, e sobretudo as garotas do ateliê de costura da sala em frente, por vezes o surpreendiam fora do seu refúgio. Dentro do populoso casarão, as distâncias eram consideráveis e, para chegar ao banheiro, era preciso atravessar dois pátios. Confinado no seu aposento e no quarto contíguo de seu filho Isidorito, ficou desde então desvinculado do mundo. O rapaz, alegando sono atrasado porque trabalhava como vigia na escola noturna da Calle Las Heras, costumava sumir com o jornal que o pai esperava com ansiedade e a todo momento esquecia a promessa de levar o rádio à casa do eletricista. Privado do vetusto artefato, Vidal sentia falta dos cotidianos "bate-papos em volta da fogueira" de um tal de Farrell, a quem a opinião pública apontava como chefe secreto dos Jovens Turcos, movimento que brilhou como uma estrela fugaz em nossa longa noite política. Diante dos amigos, que abominavam Farrell, ele o defendia, se bem que sem muito entusiasmo; deplorava, é verdade, os argumentos do caudilho, mais inflamados do que razoáveis; condenava suas calúnias e seus embustes, mas não escondia a admiração por seus dotes de orador, pela cálida tonalidade daquela voz tão nossa e, declarando-se objetivo, reconhecia nele e em todos os demagogos o mérito de transmitir consciência da própria dignidade a milhões de párias.

Uma vaga dor de dente e o costume de levar uma das mãos à boca foram os responsáveis por aquele retiro – prolongado demais para não ser perigoso. Uma tarde, quando voltava dos fundos da casa, ouviu com surpresa a pergunta:

– Que está havendo?

Afastou a mão e fitou perplexo seu vizinho Bogliolo. Com efeito, este o havia cumprimentado. Vidal respondeu solicitamente:

– Nada, senhor.

– Como nada? – protestou Bogliolo, que, observando bem, tinha algo estranho na expressão. – Por que você está com a mão na boca?

– Um dente. Dói. Não é nada – respondeu sorrindo.

Vidal era um tipo mais para pequeno e magro, com um cabelo que começava a rarear e um olhar triste que se tornava doce quando ele sorria. O valentão tirou do bolso uma cadernetinha, escreveu um nome e um endereço, arrancou a folha e entregou-a a ele enquanto comunicava:

– Um dentista. Vá hoje mesmo. Vai deixá-lo como novo.

Vidal foi ao consultório naquela tarde. Esfregando as mãos, o dentista lhe explicou que a partir de uma certa idade as gengivas, como se fossem de barro, amolecem por dentro, e que felizmente agora a ciência dispunha de um remédio prático: a extirpação de toda a dentadura e sua substituição por outra mais apropriada. Depois de mencionar uma soma total, o homem executou a paciente carnificina; por fim, sobre carne tumefata, assentou dentes e disse:

– Pode fechar a boca.

Opunham-se a isso a dor, os corpos estranhos e ainda o mal-estar moral que lhe infundia a confrontação com o espelho. No outro dia Vidal despertou com indisposição e febre. Seu filho aconselhou-o a visitar o dentista, mas ele não queria saber de mais nada com aquele indivíduo. Ficou estendido na cama, enfermo e aborrecido, sem se atrever a tomar um mate nas primeiras vinte horas. A debilidade aprofundou a indisposição; a febre servia de pretexto para continuar no quarto e não ser visto.

Na quarta-feira 25 de junho, resolveu pôr fim àquela situação. Iria ao café, para jogar a habitual partida de truco. Pensou que a noite era o melhor momento para encontrar os amigos.

Quando entrou no café, Jimi (Jaime Newman, um filho de irlandeses que não sabia uma palavra de inglês; alto, louro, rosado, de sessenta e três anos) saudou-o com o comentário:

– Que belo aparelho de jantar.

Vidal confraternizou por um momento com o pobre Néstor Labarthe, que tinha passado, conforme se esclareceu então, pela mesma cruz. Néstor, levantando e baixando um arco dental um tanto cinzento, articulou estas misteriosas palavras:

– Te previno sobre algumas consequências de que é melhor nem falar.

Como em todas as noites, os *rapazes* armaram a mesa de truco naquele café de Canning, em frente à Plaza Las Heras. A palavra "rapazes", empregada por eles, não supõe um desejo estranho e inconsciente de se passar por jovens, como afirma Isidorito, o filho de Vidal, mas obedece à casualidade de uma vez já o terem sido e que por isso, justificadamente, se tratavam desse modo. Isidorito, que não dá uma opinião sem consultar uma doutora, sacode a cabeça, prefere não discutir, como se seu pai se debatesse em sua própria argumentação enganosa. Quanto a não discutir, Vidal lhe dá razão. Falando ninguém se entende. Nos entendemos a favor ou contra, como manadas de cães que atacam ou repelem um inimigo circunstancial. Por exemplo, todos eles – Vidal evitava dizer os *rapazes*, quando se lembrava – na mesa de truco matavam o tempo, davam-se bem não porque se entendessem ou se harmonizassem especialmente, mas por obra e graça do hábito. Estavam acostumados à hora, ao lugar, ao *fernet*, às cartas de baralho, aos rostos, ao tecido e à cor da roupa, de maneira que nenhum sobressalto atingia o grupo. Uma prova? Se Néstor – de gozação, os amigos pronunciavam *Nestór*, com erre à francesa – começava a dizer que tinha esquecido alguma coisa, Jimi, a quem, pela animação e presença de espírito, chamavam de *Bastonero*,* concluía a frase com a expressão:

– *Completamente.*

E Dante Révora repisava:

– Quer dizer que se esqueceu *completamente*?

Era inútil que Néstor, com aquela cara que mantinha o rubor da juventude, com seus olhinhos redondos de frango e a permanente expressão de quem fala sério, garantisse que se tratava de um erro cometido em sua incrível infância, que lhe ficou, como dizer?, fixado... Não lhe davam ouvidos. Menos ainda o escutavam quando sacava o exemplo de Dante, que insistia

* *Bastonero* pode ter vários sentidos: líder de torcida, fabricante de bastões, auxiliar de diretor de prisão e, com mais probabilidade neste caso, maestro de uma banda de música. (N.T.)

em dizer *endossado* em vez de *adoçado*, sem que ninguém lhe negasse o respeito que merece uma pessoa culta.

Como a noite de 25 assumirá na lembrança aspectos de sonho e até de pesadelo, convém assinalar pormenores concretos. O primeiro que me vem à mente é que Vidal perdeu todas as partidas. A circunstância não deve espantar, já que entre os adversários jogavam Jimi, que ignorava o escrúpulo e era a astúcia personificada (às vezes Vidal lhe perguntava de brincadeira se não havia vendido a alma, como Fausto), e Lucio Arévalo, que ganhou mais de um campeonato de truco no La Paloma da Calle Santa Fe, e Leandro Rey, apelidado de Circunspecto. É preciso distinguir este último, um padeiro, dos outros rapazes, por não ser aposentado e por ser espanhol. Embora suas três filhas – a ambição as perdia – o importunassem para que se aposentasse e fosse tomar sol à tarde com os amigos na Plaza Las Heras, o velho se mantinha firme junto à caixa registradora. Homem frio, egoísta, apegado ao seu dinheiro, perigoso nos negócios e na mesa de truco, Rey irritava os outros por causa de um defeito venial: quando comia, mesmo que fosse o queijo e o amendoim trazidos com o *fernet*, entregava-se sem disfarce à impaciência da gula. Vidal dizia: "Nessas horas a aversão me cega e desejo a sua morte". Arévalo, um ex-jornalista que durante algum tempo redigiu crônicas de teatro para uma agência que trabalhava com jornais do interior, era o mais erudito. Se não se destacava pela oratória nem pelo brilho, manejava ocasionalmente um tipo de ironia *criolla*, modesta e oportuna, que fazia esquecer sua feiura. Piorava essa feiura um desleixo que chegou ao auge com a idade. Barba malfeita, óculos embaçados, toco de cigarro grudado ao lábio inferior, saliva nicotínica nos cantos da boca e caspa no poncho completavam a aparência daquele sujeito asmático e sofrido. Os companheiros de Vidal naquela partida foram Néstor, cujas travessuras tendiam para a inocência, e Dante, um ancião que nunca se distinguiu pela rapidez e que agora, com a surdez e a miopia, vivia recolhido em sua carapaça de carne e osso.

Para que sua imagem reviva na memória, assinalo outro aspecto daquela noite: o frio. Fazia tanto frio que a todos os frequentadores do café ocorria a mesma ideia de bafejar a palma das mãos. Como Vidal não se convencia de que não houvesse ali alguma porta ou janela aberta, olhava de vez em quando em redor. Dante, que quando perdia se irritava (sua devoção pelo time de futebol dos Excursionistas,* inexplicavelmente, não lhe havia servido para encarar com sabedoria as derrotas), repreendeu-o por se distrair do jogo. Apontando Vidal com o indicador, Jimi exclamou:

– O velhinho trabalha para nós.

Vidal contemplou o úmido focinho pontudo, o bigode que – talvez em razão da temperatura invernal – lhe parecia nevado, e não pôde deixar de admirar a desenvoltura de seu amigo.

– Eu me sinto bem no frio – declarou Néstor. – De modo que, senhores, preparem-se para a tempestade.

Depositou triunfalmente uma carta na mesa. Arévalo recitou:

Y si la plata se acaba
Por eso no me caduco
Si esta noche pierdo al truco
*Mañana gano a la taba.***

– Eu quero – respondeu Néstor.

– A quem quer a gente dá – disse Arévalo, e deixou cair uma carta superior.

O jornaleiro *don* Manuel entrou, bebeu no balcão seu copo de vinho tinto, foi embora e, como sempre, deixou a porta entreaberta. Ágil para evitar correntes de ar, Vidal se levantou e a fechou. Ao voltar, no meio do salão, por pouco não trombou com uma mulher velha, magra, extravagante, uma prova viva do que Jimi costuma dizer: "Que imaginação tem a velhice para inventar feiuras!". Vidal virou o rosto e murmurou:

– Velha maldita.

Numa primeira consideração dos fatos, para justificar o *ex abrupto*, Vidal atribuiu à senhora a lufada que quase lhe afeta os brônquios e pensou que as mulheres não se dispõem a fechar as portas porque se julgam, todas elas, rainhas. Depois ponderou que fora injusto nessa acusação, porque a

* Clube do norte de Buenos Aires, fundado em 1910. A última vez que disputou o campeonato da primeira divisão foi em 1924. (N.T.)

** Em tradução literal: "E se o dinheiro se acaba/ Nem por isso me arruíno/ Se esta noite perco no truco/ Amanhã ganho na *taba*". *Taba* é um jogo em que se atira ao alto um osso de carneiro, ou um objeto similar, e se ganha ou se perde de acordo com a posição em que venha a cair. (N.T.)

responsabilidade da porta aberta recaía sobre o pobre jornaleiro. À velha só podia censurar sua velhice. Contudo, restava outra alternativa: disparar-lhe, com um furor mal dissimulado, a pergunta: o que ela procurava, àquela hora, no café? A resposta teria vindo rápido demais, porque a mulher se enfiou pela porta rotulada *Senhoras*, de onde ninguém a viu sair.

Permaneceram ainda outros vinte minutos. Para conquistar as graças da sorte, Vidal esgotou os recursos mais dignos de confiança: esperou fielmente, aguentou com resignação. Também não era o caso de se mostrar teimoso. O jogador inteligente assegura que a sorte prefere que a sigam, não apoia os que lhe opõem resistência. Se não havia cartas boas, como ganhar com semelhantes companheiros? Depois da quinta derrota, Vidal anunciou:

– Senhores, chegou a hora de levantar acampamento.

Somaram e dividiram, Dante pagou dívidas e a consumação, os companheiros lhe reembolsaram sua parte, sob protestos. Nem bem Dante separou a gorjeta, todos os outros se lançaram à algaravia de sempre.

– Vou dizer que não conheço esse sujeito – informou Arévalo.

– Você não pode deixar só isso – protestou Jimi.

Censuravam-lhe, em tom de brincadeira, a avareza.

Ao partirem animadamente, defrontaram-se com a intempérie. O frio por um instante os emudeceu. Uma névoa vaporosa se difundia em chuvisco e envolvia os faróis num halo branco. Alguém arriscou:

– Essa umidade vai apodrecer os ossos.

Rey, com gravidade, observou:

– Já está provocando pigarros.

De fato, vários haviam tossido. Caminharam pela Calle Cabello, rumo a Paunero e Bulnes. Néstor comentou:

– Que noite!

Em seu apagado tom irônico, Arévalo mencionou:

– Talvez chova.

Dante os fez rir:

– Que me dizem se depois refrescar?

Jimi, o Bastonero, resumiu:

– Brrr.

A vida social é a melhor bengala para avançar pela idade e pelos achaques. Usarei uma frase que eles mesmos empregaram: apesar das rigorosas condições atmosféricas, o grupo se mostrava afinado. Entre piadas e verdades, mantinham um festivo diálogo de surdos. Os ganhadores falavam do truco e os outros rapidamente respondiam com observações relativas ao tempo. Arévalo, que tinha o dom de ver de fora qualquer situação, inclusive aquelas de que participava, atestou como se falasse sozinho:

– Um divertimento de rapazes. Nunca deixamos de ser assim. Por que os jovens de hoje não entendem isso?

Iam tão absortos nesse divertimento que de início não perceberam o clamor que vinha da passagem El Lazo. A gritaria de repente os alarmou e então notaram que um grupo de pessoas olhava, expectante, para a passagem.

– Estão matando um cachorro – afirmou Dante.

– Cuidado – preveniu Vidal. – Será que não está com raiva?

– Decerto são ratos – opinou Rey.

Cães, ratos e uma enormidade de gatos vagavam pelo lugar, porque ali os feirantes do mercadinho da esquina entornam suas sobras. Como a curiosidade é mais forte que o medo, os amigos avançaram alguns metros. Ouviram, primeiro em conjunto e depois distintamente, xingamentos, golpes, ais, ruídos de ferro e chapas, o arquejo de uma respiração. Da penumbra surgiam à claridade esbranquiçada inquietos e ululantes rapagões armados de paus e ferros, que descarregavam um castigo frenético sobre um vulto estirado em meio às latas e montes de lixo. Vidal entreviu caras furiosas, notavelmente jovens, como que enlouquecidas pelo álcool da arrogância. Arévalo disse disfarçadamente:

– Esse vulto é o jornaleiro *don* Manuel.

Vidal viu que o pobre velho estava de joelhos, o tronco inclinado para a frente, a cabeça destroçada, protegida com as mãos ensanguentadas, cabeça que ele ainda procurava introduzir numa lata de lixo.

– É preciso fazer alguma coisa – exclamou Vidal num grito sem voz – antes que o matem.

– Cale a boca – ordenou Jimi. – Não chame a atenção.

Inflamado porque seus amigos o seguravam, Vidal insistiu:

– Vamos intervir. Vão matá-lo.

Arévalo observou, fleumaticamente:

– Está morto.

– Por quê? – perguntou Vidal um pouco fora de si.

Em seu ouvido, Jimi murmurou fraternalmente:

– Quietinho.

Jimi deve ter se afastado do lugar. Enquanto o procurava, Vidal descobriu um casal que olhava com desaprovação aquela matança. O rapaz, de óculos, levava livros debaixo do braço; ela parecia uma garota decente. Em busca do apoio moral que tantas vezes encontrou nos desconhecidos da rua, Vidal comentou:

– Que lição!

Ela abriu a bolsa, tirou uns óculos redondos e, sem pressa, os colocou. Ambos voltaram a cara com óculos para Vidal e o olharam, impávidos. Com uma dicção bastante clara, a moça afirmou:

– Sou contrária a qualquer violência.

Sem se deter em considerar a frieza de tais palavras, Vidal tentou conquistar a solidariedade deles:

– Nós não podemos fazer nada, mas a polícia, para que serve?

– Vovô, não é hora de andar discutindo – o rapaz o advertiu num tom quase cordial. – Por que não vai embora antes que lhe aconteça alguma coisa?

Esse apelido injustificado – Isidorito não tinha filhos e ele estava seguro de parecer, apesar da incipiente calvície, mais jovem que seus contemporâneos – talvez o tenha cegado, porque interpretou a frase como um rechaço. Tentou se reunir com o grupo, mas não o encontrou. Afastou-se por fim. Estava um pouco desorientado, sem os rapazes para conversar, para compartilhar seu desgosto.

Chegou à sua casa, em frente à oficina de estofamento de automóveis, na Calle Paunero. O quarto lhe pareceu inóspito. Ultimamente sentia uma invencível propensão à tristeza, que modificava o aspecto das coisas mais habituais. À noite, via os objetos de seu quarto como testemunhas impassíveis e hostis. Tentou não fazer barulho: no cômodo contíguo dormia seu filho, que deitava tarde porque trabalhava na escola noturna. Nem bem se cobriu com a manta, perguntou-se assustado se não passaria a noite em claro. Nenhuma posição lhe convinha. Porque pensava, se remexia; depois dizem que o pensamento não afeta a matéria. Os acontecimentos que seus olhos presenciaram se apresentavam agora com uma nitidez intolerável, e ele se remexia na esperança de que a visão e a lembrança daquilo cessassem. Pouco depois lhe ocorreu, talvez para mudar de assunto, ir ao banheiro; só para garantir e dormir tranquilo. A travessia dos dois pátios, em noites de geada, fazia com que hesitasse; mas não permitiria que uma dúvida sobre a utilidade daquela viagem o deixasse sem dormir.

No meio da noite, quando se encontrava na inóspita dependência dos fundos – fria, escura, malcheirosa –, costumava se deprimir. Motivos para isso nunca faltam, mas por que incidiam precisamente naquela hora e naquele lugar? Para se esquecer do jornaleiro e de seus assassinos, recordou uma época, hoje inacreditável, em que a própria aventura não estava descartada... O auge chegou na tarde em que, sem saber como, se encontrou nos braços de uma garota chamada Nélida, filha de uma cozinheira, a senhora Carmen, que trabalhava em casas de família do bairro norte. Nélida vivia com sua mãe na segunda sala da frente, onde agora funcionava o ateliê de costura. Por uma simples casualidade, a lembrança do fim desse namorico coincidia com outra, para Vidal dilacerante (não sabia muito bem por quê) e repulsiva, de um velho excitado e bêbado perseguindo com uma grande faca desembainhada a senhora Carmen. De Nélida ele guardava, num baú onde mantinha coisas velhas e relíquias de seus pais, uma fotografia tirada em Rosedal e uma fita de seda desbotada. Os tempos tinham mudado. Se antes se deparava lá nos fundos do cortiço com uma mulher, ambos riam; agora pedia desculpas e se afastava rapidamente, para que não pensassem que era um degenerado ou algo pior. Talvez essa deterioração de sua posição na sociedade o tornasse nostálgico. O fato era que de uns meses para cá, talvez anos, havia se entregado ao vício das lembranças; como outros vícios, primeiro divertia e a longo prazo machucava e prejudicava. Refletiu que no dia seguinte estaria muito cansado e apressou a volta ao quarto. Já na cama, formulou com relativa lucidez (péssimo sintoma para o insone) a observação: "Cheguei a um momento da vida em que o cansaço não serve para dormir e o sono não serve para descansar". Revolvendo-se no colchão, recordou novamente o crime que presenciara e, talvez para vencer o desagrado que lhe infundia o cadáver que primeiro tinha visto e que agora imaginava, perguntou-se se o morto seria de fato o jornaleiro. Acometeu-o uma vivíssima esperança, como se o destino do pobre jornaleiro fosse essencial para ele; viu-se tentado a imaginá-lo pelas ruas, correndo e apregoando, mas resistia a essas fantasias por temor à desilusão. Recordou a frase da moça de óculos: "Sou contrária a qualquer violência". Quantas vezes tinha ouvido aquela frase como se não significasse nada! Agora, no mesmo instante em que dizia "Que menina pretensiosa", pela primeira vez a entendeu. Vislumbrou então uma teoria sobre a violência, bastante atinada, que lamentavelmente esqueceu em seguida. Ponderou que em noites como aquela, em que daria qualquer coisa para dormir, involuntariamente pensava com o brilho de um artigo de jornal. Quando os pássaros cantaram e nas pequenas frestas apareceu a luz da manhã, aborreceu-se de verdade, porque tinha perdido a noite. Naquele momento dormiu.

II

Quinta-feira, 26 de junho

A impaciência por comparecer ao velório o despertou. Ultimamente se impacientava com facilidade.

No fogareiro a querosene, preparou uns mates, que tomou às pressas, com dois ou três nacos de pão da véspera. Seu desjejum estava perfeitamente calculado; sempre que se permitia um excesso nos mates ou no pão, começava aquele ardor que o assustava um pouco. Lavou os pés, as mãos, o rosto, o pescoço. Penteou-se com água de violetas e brilhantina. Nem bem se vestiu, apresentou-se no ateliê das meninas e perguntou se podia usar o telefone. A dentadura tinha se tornado uma obsessão. Poderia jurar que as meninas o espiavam e comentavam, como se ele fosse um monstro ou talvez o primeiro homem com dentes novos. Estranhou uma circunstância: embora estivesse prevenido, não surpreendeu um único sorriso, nem nada que sugerisse a gozação. Viu caras graves, preocupadas, assombradas, talvez temerosas e até coléricas. Tudo isso lhe pareceu inexplicável.

Telefonou para a casa de Jimi, mas ninguém atendeu. Na casa de Rey, uma das filhas lhe informou que o pai tinha saído e o aconselhou a não perturbar. Enquanto isso, uma das meninas do ateliê, uma morena clara chamada Nélida, que lhe recordava, ao menos no nome, a Nélida de outros tempos, encarava-o com certa obstinação, como se quisesse lhe dizer alguma coisa. Se realmente queria lhe falar, a moça encontraria oportunidade, pois vivia na pensão (nos cômodos de sua amiga Antonia e da mãe desta, dona Dalmacia). Vidal sempre se incomodava em estar sendo observado quando falava ao telefone. Sentia-se perturbado como se o distraíssem em meio a uma prova difícil; era mais desagradável ainda quando sua parte na conversa era insossa. Infantilidade? Às vezes Vidal se perguntava o que aprendemos com o passar dos anos: a nos resignarmos diante de nossas deficiências? Olhou de soslaio os olhos que o fitavam, a pele próxima, a blusa de tricô com a forma do seio, e pensou que para um admirador da beleza não havia nada como a juventude. Imprevistamente angustiado, pensou também que as meninas dessa idade são capazes de qualquer loucura, mas que ele, plantado ali, com ar de quem não entende nada, passaria por tonto. Deixou na estante o pagamento pelas ligações e se retirou para não abusar do telefone.

Iria ao restaurante e falaria do telefone público com toda a comodidade. Além disso, compraria o jornal, para ver se já estavam pagando a aposentadoria de maio, como disseram Faber e outros. Antes de sair averiguou se não rondava por ali o gerente, um galego *acriollado* e anarquista, que defendia zelosamente os interesses do proprietário. Por sorte tampouco estava no saguão o senhor Bogliolo, que, por uma surda antipatia ao gênero humano, atuava honorariamente como policial do galego. Até por volta do dia 20, quando costumava receber a aposentadoria e pagar o aluguel, todos os meses Vidal evitava aqueles indivíduos com o maior cuidado.

Encontrava prazer em caminhar pelo bairro num dia de sol, em "desintumescer" as juntas, como dizia Jimi. A manhã se apresentava límpida e, confirmando as previsões dos rapazes, o frio não havia diminuído. Assim que saiu à rua, reparou que a oficina de estofamento estava fechada. Sem amargura comentou:

– Ainda não é meio-dia e já baixaram a porta. As pessoas hoje não gostam de trabalhar. Que vida boa.

Notou que nunca lhe faltava pretexto para falar sozinho e ensaiar uma frase moralista.

O telefone do restaurante exibia, como de costume, o pequeno letreiro *Não funciona*. Enquanto caminhava pela Calle Las Heras, em direção à praça, perguntou-se em voz alta o que tinha a cidade naquela manhã, que parecia mais bela e mais alegre. A verdade é que alguns transeuntes o olhavam com insistência, de uma maneira que o incomodava. Achou estranho que uma arcada dentária chamasse tanta atenção e ponderou: "Afinal de contas, está dentro de uma boca fechada, ou quase". Sua dentadura e os olhares que provocava eram a causa da angústia que sentia no peito? Não, seria preciso buscá-la talvez nos atrativos daquela moça, que parecia ter se oferecido, e em sua própria retirada, rápida como uma fuga. Inexplicavelmente sua timidez havia aumentado com os anos; como se não acreditasse em si mesmo, por via das dúvidas estava sempre se retirando. Ou a verdadeira causa da angústia se ocultava na aposentadoria não paga, nas preocupações com dinheiro, agora primordiais?

Depois de um cumprimento cordial, ao qual imprimiu uma afabilidade simples mas generosa, perguntou ao jornaleiro da esquina da Salguero com Las Heras:

– Onde *don* Manuel está sendo velado?

– Ele ainda não saiu do necrotério – respondeu o homem, num tom que Vidal se atreveu a qualificar de neutro.

– É o fim de semana – explicou, piscando um olho. – Aposto que o médico-legista quer aproveitar o fim de semana e não deixa que lhe falem sobre cadáveres.

Intuiu de repente que sua loquacidade, ou sabe-se lá o que em sua pessoa, incomodava o indivíduo. Bastou a suposição para que se sentisse ofendido. O morto não era um jornaleiro, um colega daquele jovem ingratamente rude? A refinada deferência que ele manifestava, mais valiosa ainda por vir de alguém alheio ao ofício dos jornaleiros, merecia tal desdém? Concluiu que não era necessário criar corvos para se deparar com eles. A fé na cordialidade essencial dos homens o levou a dar ao outro mais uma oportunidade:

– O velório é na Calle Gallo?

– É o senhor que está dizendo.

– Você vai? – insistiu.

– A troco de quê?

– Eu... eu estou pensando em ir.

Talvez porque uma menininha pediu uma revista, o rapagão virou-lhe as costas. Vidal pensou que, para não se humilhar por completo, não compraria o jornal dele. Já se afastava, deprimido, quando ouviu uma frase que o desnorteou:

– Os que provocam depois não se queixem.

Considerou a hipótese de pedir explicações, mas se lembrou das costas largas, dos músculos apertados no casaquinho cinza, e admitiu que em algumas manhãs acordava com dor nos quadris, como se o esqueleto estivesse travado e até frágil. A aceitação das próprias limitações por vezes é uma triste sabedoria.

Atravessou a praça em diagonal, não sem antes parar diante do monumento, para ler a inscrição. Já a conhecia de cor, mas sempre a lia quando passava por ali. Num impulso, pensou que este país, na época de suas guerras, não devia ter sido hostil.

Do telefone público do café tentou em vão se comunicar com os amigos. Na casa de Arévalo não atendiam. A vizinha de Néstor, que em geral concordava em chamá-lo (se lhe perguntassem sem pressa pela saúde e pela família), cortou a ligação murmurando impropérios. Sempre interessado na meteorologia, Vidal observou que, embora a temperatura estivesse em elevação, as pessoas seguiam destemperadas. Numa nova tentativa de se comunicar com Jimi, utilizou a última moeda. Alegrou-se com o fato de não ter sido a empregada a atender a chamada, uma moça simples, que mal falava e quase não ouvia. A sobrinha, Eulalia, lhe explicou:

– À tarde ele vai visitá-lo em sua casa. Tentei dissuadi-lo, senhor, mas ele me disse que iria.

Vidal ainda agradecia sua amabilidade quando Eulalia desligou. Dirigiu-se à padaria. Ao enfrentar a passagem El Lazo, as lembranças do pesadelo da noite anterior o entristeceram. Com alguma contrariedade notou que a passagem tinha recuperado seu aspecto habitual, que não restavam rastros nem provas do acontecido. Nem sequer havia ali um guarda. Não fosse pela lata de lixo, pensaria que a morte do jornaleiro tinha sido uma alucinação. Bem sabia Vidal que a vida continua, que nos deixa para trás, mas se perguntou: por que essa urgência? No mesmo lugar em que horas antes um homem trabalhador tinha caído assassinado, um grupo de garotinhos jogava futebol. Só ele se dava conta da profanação? Também o ofendia o fato de que aqueles mesmos meninos que o olhavam com uma cara que parodiava ingenuidade e transmitia menosprezo entoavam, todos juntos, a cantiga:

Viene llegando la primavera
*que siembra flores en la vejez.**

* Em tradução literal: Vem chegando a primavera/ que semeia flores na velhice. (N.T.)

Vidal refletiu que ultimamente tinha mostrado méritos para se graduar naquela coragem, sem dúvida passiva ou negativa, que nos permite deixar de ouvir os escárnios.

Ao passar em frente a uma casa em demolição, olhou um quarto desprovido de teto, mas ainda enquadrado em fragmentos de paredes, e conjecturou: "Deve ter sido uma sala". Na padaria o aguardava uma surpresa. Leandro Rey não ocupava seu posto atrás da caixa registradora. Perguntou a uma das filhas do padeiro:

– Aconteceu alguma coisa com *don* Leandro?

Essa cortesia não caiu bem. Em voz bastante alta, talvez para se exibir, num tom seco, movendo seus lábios escuros, grossos e úmidos, como se preparasse um embrulho para presente, a moça interpelou Vidal:

– Não vê que tem gente na fila? Se não vai comprar, faça o favor de se retirar.

Emudecido pelo mau trato injusto, não encontrou uma resposta adequada. Para salvar sua dignidade, não lhe restava outro recurso senão dar meia-volta e sair. Com um sangue-frio inacreditável, sem mover um músculo, esperou até recuperar o uso da palavra; então, em meio à expectativa geral, proferiu a lista:

– Seis *felipes,* quatro *croissants* e uma *tortita guaranga.**

Risos contidos festejaram aquela tortinha como se fosse uma resposta carregada de intenção. Não foi o caso. As próprias filhas de *don* Leandro depois admitiriam que Vidal se limitou a repetir seu pedido habitual. Por que não se afastou dignamente? Porque gostava do pão da padaria de Leandro. Porque as outras não ficavam muito perto. Porque não sabia que explicação dar ao amigo se amanhã lhe perguntasse por que não comprara em sua padaria. Porque ultimamente se havia afeiçoado à fidelidade: era fiel aos amigos, aos lugares, a cada um dos fornecedores e ao seu local de venda, aos horários, aos hábitos.

As pessoas dizem que muitas explicações convencem menos que uma só, mas a verdade é que para quase tudo há mais de uma razão. Pode-se dizer que sempre se encontram vantagens para prescindir da verdade.

* *Felipe*: pequeno pão em formato oval, de crosta dura. *Tortita guaranga* é uma pequena torta caseira; *guarango* tem também o sentido de grosseiro, o que justifica a ironia. (N.T.)

III

Entrou em sua casa para deixar o embrulho. No saguão, apoiado na vassoura de forma pensativa, o gerente conversava com Antonia, uma das moças do ateliê. Vidal, que não teve tempo de recuar antes que o vissem, ao passar ouviu as palavras *alguns, rudimento, vergonha* e a frase completa:

– Não pagam o aluguel, mas se dão ao luxo de padarias e restaurantes.

Fechada sua porta, encontrava-se a salvo. O homem o importunava sem se enfurecer. O mais irascível dos gerentes de hoje era um ser benévolo em comparação com aqueles, quase mitológicos, de sua juventude, o que ele chamava de bons tempos; naquela época, por qualquer ninharia botavam a gente na rua. Além do mais, o galego disse a verdade: ele e seu filho viviam do que este ganhava (no colégio e por algumas comissões recebidas de farmácias) e não se lembravam de pagar o aluguel até que o governo se lembrasse de pagar a aposentadoria. Vidal refletiu que manter a honestidade na pobreza era mais difícil do que as pessoas imaginavam, e acrescentou: "Hoje mais que ontem e com muito menos ostentação".

Em seu quarto, passou logo do alívio à ansiedade. Depois de tantos dias de jejum, estava fraco, precisava comer. Até quando se prolongaria aquele diálogo no saguão? Tentou pensar que não faltavam vantagens na pobreza. Por exemplo, impunha a ele indignidades e travessuras típicas de um rapaz e não lhe permitia o ingresso à respeitabilidade tão própria da velhice ("de um Rey, de um Dante ou de um Néstor", pensou).

Ressoaram então golpes, o clamor de um tumulto, gritos destemperados do gerente e de outras pessoas. Por recordar o episódio da noite anterior, estremeceu. Pensou que o gerente estava de mau humor e que a todo custo devia evitar um encontro com ele. Quando voltou o silêncio, voltou a fome; esta foi mais forte que a prudência e o empurrou para fora do quarto. Por incrível que pareça, o gerente não estava no saguão. Não havia ninguém. Chegou à rua, virou à direita, dirigiu-se ao restaurante da esquina. Almoçou admiravelmente, comidas macias, que não deslocam a dentadura. Expressou em voz alta sua satisfação:

– Não é à toa que se reúnem aqui os motoristas de táxi, gente que viaja e tem conhecimento.

Ao sair, cruzou com o sr. Bogliolo, vulgo Botafogo. Vidal o cumprimentou. O valentão olhou para o lado. Ainda matutava sobre aquela falta de educação, quando uma visão tétrica e magnífica atraiu sua atenção: uma fileira de carros pretos de uma garagem em frente à oficina de estofamento. Aproximou-se de uma das janelas da oficina. Havia um grupo de pessoas lá dentro. Perguntou:

– Que está acontecendo?

O indivíduo de preto que estava junto à porta respondeu:

– O senhor Huberman faleceu.

– Que barbaridade! – exclamou.

Ainda que seus olhos estivessem se fechando, adiou de uma vez por todas a sesta e entrou no velório. Algumas lembranças – a fidelidade às lembranças lhe aprazia, como se elas se revestissem da dignidade das tradições – o vinculavam à família de Huberman. A ideia de compartilhar com ela alguns momentos de tristeza o confortava.

Pobre estofador, com a careca sardenta e as orelhas de abano. Uma simples ironia em seus lábios maravilhava Vidal, que geralmente se dizia estupefato: "Além de cortar o pano e cobrar o pagamento, ainda faz piadas. Incrível!". Também loura e sardenta era Madelón, a filha de Huberman, de temperamento festivo e de rosto pequeno e gracioso. Ele a havia cortejado anos antes, com algum sucesso, mas logo Vidal se afastou, porque ela acabou se revelando uma dessas moças que sempre estão propondo saídas em grupo. Quando deu por si, já convivia com amigos e parentes, e aquela gente estranha o tratava como se fosse da família. Não havia risco, pelo menos repetia essa frase, mas o simulacro de noivado bastava para deixá-lo aflito. A obstinação das mulheres! Quando falava com elas, na imaginação – e depois dizem que a transmissão de pensamento é um fato –, recomendava-lhes que não forçassem a mão. É claro que se não a forçavam ele também ia embora. Por ter se distanciado rápido demais, ficou com uma espécie de saudade. Como já foi dito, Madelón era loura, sardenta, de olhos risonhos, eminentemente jovem e, ainda que pareça mentira, linda. Naqueles últimos anos a via muito de vez em quando, transformada em uma mulherona áspera, de esqueleto grande e corpo comum, com uma cara longitudinal fora do normal e pintas repugnantes misturadas a verrugas. Como se a memória fosse inconsistente, a imagem atual de Madelón caía no esquecimento, e quando ela aparecia na realidade, o surpreendia. Sempre voltava a acreditar que Madelón era a menina de antes; era só se distrair um pouco e imaginava que aquela menina devia estar escondida em alguma parte e que, se ele se esforçasse, sem dúvida acabaria por encontrá-la.

A primeira coisa que avistou ao entrar na casa foi Madelón em sua aparência de agora, grande e banal. Como não era rancorosa, nem bem o viu e pôs-se a chorar em seu ombro. Vidal disse:

– Estou do seu lado. O que aconteceu?

No tom de quem repete uma vez mais a explicação, Madelón relatou:

– O coitado voltava no seu carrinho pela Las Heras, e ao chegar à Pueyrredón...

– Como?

Vidal achou que a mulher, por causa do velório, falava em voz particularmente baixa, ou então era ele que estava ficando surdo.

– Ao chegar à Calle Pueyrredón deu com o sinal vermelho. Estava pronto para seguir a luz verde do semáforo, que já tinha se acendido, quando a coisa aconteceu.

Vidal perguntou de novo:

– Como?

A mulher voltou a explicar e ele a perder boa parte das palavras. Refletiu que hoje em dia as pessoas não articulavam muito bem, falavam com a boca fechada, olhando para outro lado. Com alguma gravidade, murmurou ao vizinho da esquerda:

– Esta menina não "vocabuliza" devidamente.

– Que menina?

Madelón se reanimou por um instante para anunciar:

– Huguito acabou de sair.

– Huguito? – repetiu, sem entender.

– Huguito – insistiu. – Huguito Bogliolo.
– O Botafogo? Passou por mim e não me cumprimentou.
– Que estranho. Não deve ter visto você.
– Me viu. Nos outros dias foi a amabilidade em pessoa.
– Como pôde não te cumprimentar?
– Ele me enganou ao ser amável. Foi enganado primeiro e, para se vingar, enganou a mim.
– Como assim, foi enganado?
– Como eu. Com a dentadura. Você não percebeu?

Abriu um sorriso amplo. Cuidava da aparência diante de qualquer mulher, mas abria exceções.

Quando o sono fazia pesar seus olhos, o indivíduo de preto que estava montando guarda na frente entrou, e houve uma movimentação no recinto. Preocupado, Vidal se deu conta de que, se Madelón lhe pedisse que a acompanhasse ao cemitério, perderia a sesta. Afastou-se por um instante, como quem procura outra pessoa para dizer-lhe alguma coisa. Ao chegar ao umbral da porta, venceu a tentação de olhar para trás e se esgueirou para fora. Em seguida atravessou a rua e foi para casa.

Era um dia tão descompensado que a manta e o poncho sobre a cama eram insuficientes. Recorreu ao sobretudo. Refletiu que passava por uma época de neurastenias inesperadas, já que a visão de sua cama semicoberta pelo sobretudo marrom, com manchas e descascados, o deprimia.

Atualmente a sesta o descansava de maneira notável. Vidal recordava outros tempos em que se levantava mal-humorado, fora de esquadro. Agora se diria que rejuvenescia por um momento, como depois de fazer a barba. Em compensação esperava a noite com temor, porque acordava depois de poucas horas – um mau costume – e fatalmente ficava em claro com pensamentos tristes.

Dormiu por uma meia hora. Ao colocar a água do mate para esquentar, pensou que uma vida, por mais breve que seja, é suficiente para dois ou três homens; com relação ao mate, ele tinha sido um homem que o quisera sempre amargo, depois parou de tomá-lo porque lhe caía mal e agora se convertera num fiel devoto dos mates doces. Começava a preparar o primeiro mate quando Jimi entrou. Sem dúvida o frio afilava em forma de focinho seu nariz e seu bigode. Era voz corrente que aquele indivíduo, em quem a inteligência convivia com um instinto quase animal, costumava chegar de visita quando seus amigos começavam a comer. Sem titubear, Jimi se apoderou com a mão direita da *tortita guaranga* e com a esquerda cobriu os *croissants*. Depois de uma leve irritação, Vidal se felicitou, porque aquelas guloseimas, compradas talvez no pueril afã de adiar a hora da rendição, traziam todo tipo de transtornos a seu aparelho digestivo.

Depois de sorver o primeiro mate, que sempre era cortesia e naquele momento precaução, Vidal perguntou a seu amigo, enquanto o servia:

– Onde é o velório?

– De quem? – perguntou Jimi, como se não entendesse.

Mais que desentendido, mostrava-se precavido, como alguns jogadores de truco. Sem perder a paciência, Vidal esclareceu:

– Do jornaleiro.

– Um tema francamente alegre.

– Veja como o mataram. Há um dever de solidariedade.

– Melhor que passe despercebido.

– E o dever da solidariedade?

– Isso vem depois.

– O que vem antes? – perguntou Vidal, um pouco irritado.

– O que vem antes? Sua mania de não faltar a velórios nem enterros. Depois de uma certa idade, as pessoas instalam o clube no cemitério.

– Quer saber de uma coisa? Escapei da casa do Huberman para não ir ao enterro.

– Isso não prova nada. Você devia estar com vontade de fazer sua sesta.

Vidal se calou. Como se não adiantasse nada fingir para Jimi, deu-lhe um tapinha no ombro e disse:

– Vou te confessar: hoje de manhã acordei impaciente para saber onde era o velório.

– A impaciência é um capítulo à parte – observou Jimi, implacável.

– Capítulo à parte?

– A impaciência e a irritação nos acompanham sempre. Veja, por exemplo, esta guerra.

– Que guerra?

Como se ele também estivesse ficando surdo, continuou:

– Numa certa idade...

– Essa frasezinha me incomoda – antecipou-se Vidal.

– A mim também. Mesmo assim, não nego que numa certa idade afrouxamos o controle.

– Que controle?

Não dava atenção. Prosseguiu:

– Como tudo o mais, ele afrouxa com o desgaste e a gente já não aguenta. Quer uma prova? Em qualquer lugar, os primeiros a chegar são os velhos.

– Incrível – admitiu Vidal com admiração. – Não sou velho e isso acontece comigo.

– Em resumo, uma má combinação: impaciência e reflexos lentos. Não é à toa que não gostem de nós.

– Quem não gosta de nós?

Em vez de responder, Jimi perguntou:

– Como você se dá com seu filho?

– Muito bem – respondeu Vidal. – Por quê?

– O que está em melhor situação é o Néstor. Ele e o filho parecem irmãos.

Nem bem ouviu essa frase, Vidal se lançou a uma de suas teorias favoritas. Formulada a primeira regra – "Manter a distância, o que impõe um clima de jogo limpo" (palavras que na ocasião não obtiveram o apoio a que estava acostumado) –, achou estimulante exercitar seus recursos intelectuais e retóricos, afinados ao longo de experiências anteriores, e se espantou com a possibilidade entrevista, e logo descartada, de já ter exposto a Jimi, com as mesmas palavras, as mesmas reflexões. Considerou, comovido:

– Pela lei das coisas, nós, pais, vamos embora antes…

Jimi o interrompeu com indelicadeza:

– A que horas seu filho volta?

– Daqui a pouco – respondeu, dissimulando o desagrado.

– Eu também vou embora antes, para que ele não me veja – respondeu Jimi.

Essa frase o surpreendeu penosamente. Ia protestar, mas se conteve. Estava certo de que o afeto não o cegava: seu filho era um rapaz amável e generoso.

IV

Vidal atravessou os dois pátios e chegou aos fundos.

Enquanto lavava roupa num dos tanques, Nélida conversava com Antonia e com o sobrinho de Bogliolo. Antonia era uma moça de estatura pequena, cabelo castanho, cútis grosseira, braços curtos; sua voz, abafada e grave, parecia a de uma pessoa que está acordando. Era muito admirada no condomínio. O sobrinho de Bogliolo – alto, magro, imberbe, de olhos redondos, com uma camisa através da qual se via a camiseta –, enlaçando-a pela cintura, exclamou:

– Esta Baixinha!

Vidal disse a si mesmo: "Nada como os jovens" e "Esses dois, provavelmente, têm alguma coisa".

– De que estavam falando? – perguntou.

– Vai embora, vai – disse Antonia, rindo.

– Estão me dispensando? – perguntou Vidal.

– Não, como pode pensar isso? – garantiu Nélida.

Antonia insistiu:

– *Don* Isidro não pode ouvir o que estamos dizendo.

Vidal notou que os olhos de Nélida eram esverdeados.

– Por quê? – protestou o sobrinho. – O senhor Vidal tem um espírito jovem.

– Aberto – acrescentou Nélida.

Vidal admitiu:

– Assim espero...

Refletiu que lhe coube viver uma época de transição. Em sua juventude as mulheres não falavam com a liberdade de agora.

– Não somente jovem de espírito – disse Nélida com alguma ênfase. – O senhor está na flor da idade.

– Pena que me chame de "senhor" – observou Vidal.

– Em que ano o senhor nasceu? – perguntou Antonia.

Vidal lembrou-se então da visita de duas jovens que tinham ido fazer uma pesquisa na pensão, para um instituto psicológico ou sociológico. Pensou: "Só faltava ela agora sacar uma prancheta e um lápis". E também: "Como me sinto à vontade com os jovens". Respondeu em tom de gracejo:

– Isso não se pergunta.

– Dou-lhe toda a razão – concordou o sobrinho de Bogliolo. – Não dê atenção à Baixinha. Sou testemunha: Faber também não lhe respondeu.

– Você não vai comparar o senhor Isidro com aquele velho – protestou Nélida com inesperado ardor. – Apostaria que aquele velho já chegou aos cinquenta.

Vidal pensou: "Eu o situaria entre os sessenta e os setenta. Para esses garotos, aos cinquenta o sujeito já é velho".

Como quem ataca, Nélida prosseguiu:

– Se bobear, este senhor aqui é mais jovem que o seu tio.

A hipótese não agradou ao sobrinho de Bogliolo: seu rosto se ensombreceu e por um instante perdeu a naturalidade para se tornar, inequivocamente, contrariado. Vidal refletiu que aquele afeto um tanto infantil por aquele parente um tanto desagradável era louvável. Também se perguntou se teria coragem de entrar no banheiro com aqueles moços. Uma vergonha boba, porque afinal de contas… Qualificou-a: uma vergonha de menino. Secretamente o homem é um menino disfarçado de gente grande. Seria assim com os outros também? O próprio Leandro Rey seria um menino? Sem dúvida, Leandro o enganava, como ele enganava aos outros.

V

A vida do tímido não é fácil. Nem bem se encaminhou ao quarto, compreendeu que mais ridícula do que a imagem de um homem entrando no banheiro era a de um homem se retirando porque lhe faltou a coragem de entrar. Havia vergonha maior do que deixar evidente que se teve vergonha? Para piorar, talvez o episódio não estivesse encerrado. Sobre um ponto não cabia dúvida: não demoraria muito a voltar aos fundos do prédio. Só podia torcer para que as meninas e o sobrinho de Bogliolo saíssem logo dali. Estava com a mão na maçaneta da porta do quarto quando Bogliolo em pessoa o surpreendeu com a pergunta:

– Como vai, *don* Isidro?

Com aquele indivíduo, a gente nunca sabia como agir. Vidal estava tão confuso que respondeu:

– Como vai, *don* Botafogo?

Tinha a esperança de que o valentão não tivesse ouvido o apelido, pronunciado (porque já estava na boca) num murmúrio inconcluso.

Bogliolo o encarou com um olhar firme de cima a baixo. Com extrema seriedade disse:

– Tomo a liberdade de lhe dar um conselho. Faço isso como se fosse seu pai. O galego está fazendo pressão. Pague, senhor, o aluguel, antes que o homem faça uma barbaridade. As pessoas são maldosas e andam dizendo que o senhor leva uma boa vida em restaurantes e não paga o teto que o abriga. – Ia se afastando, mas voltou para acrescentar: – Não me pergunte como, mas sabem até quanto o senhor gastou na dentadura.

No quarto encontrou seu filho ocupado em guardar alguns objetos no guarda-roupa.

– Pondo as coisas em ordem? – perguntou.

Sempre de costas, o rapaz emitiu um som que Vidal traduziu pela palavra *sim*. Distraidamente viu como Isidorito guardava o velho *chambergo*,* o cachecol, a navalha, o alisador, a caixinha de madeira clara, com a inscrição *Lembrança de Necochea*, onde à noite colocava o relógio de bolso. De repente observou:

– *Che*, tudo isso é meu. Quero ter tudo à mão.

– Está à mão – respondeu Isidorito, fechando o guarda-roupa.

– Está louco? – perguntou o pai. – O *chambergo*, o cachecol, tudo bem. Mas para olhar as horas, amanhã de manhã, não vai ser muito cômodo ter o relógio aí dentro.

– Esta noite nós, do Agrupamento Juvenil da Vinte e Um, vamos nos reunir aqui.

Vidal julgou notar um toque de fastio ou de impaciência no tom com que foram pronunciadas essas palavras.

– Que bom! – exclamou com sinceridade. – Me alegra muito que traga seus amigos. Além do mais, não sei, me parece muito melhor que se reúna com jovens da sua idade...

Deteve-se a tempo, porque não queria atormentar o filho com censuras. Quando se descuidava, jogava-lhe na cara aquela doutora que o havia deixado tão pedante e agressivo. Como se tivesse intuído um ataque à doutora, Isidorito respondeu com aspereza:

– Por mim, podiam não vir.

– Se você visse como meu pai recebia meus amigos... Mesmo com seus modestos recursos, não sei se me entende. Até obrigava mamãe, depois de fritar as empanadas, a vestir sua melhor roupa.

– Que mania de falar de matusaléns.

– Não esqueça que são seus avós.

– Já sei que não somos gente de berço. A toda hora você me lembra disso.

Vidal o olhou com afetuosa curiosidade. Pensou que nas pessoas mais íntimas e próximas há pensamentos de que nem suspeitamos... Essa circunstância, que ele descrevia com as palavras "Não somos transparentes",

* *Chambergo*: chapéu de aba larga, levantada por um lado e presa com grampo, que se costumava enfeitar com plumas e com uma fita que dava volta à copa e caía por trás. (N.T.)

em outro tempo lhe parecera uma proteção, a garantia de cada um ser livre; hoje o entristecia como uma prova de solidão. Para se aproximar do filho e tirá-lo do isolamento em que o via, comentou:

– Quanto a mim, me alegro que venham. Agora há pouco estava pensando que sempre me sinto à vontade com os jovens.

– Ninguém sabe por que você se sente tão à vontade.

– Você se sente à vontade com eles?

– Por que não me sentiria? Eu não sou você.

– Ah, é questão de gerações. Não nos entendemos? A doutora te explicou isso?

– Olha, pode ser, mas é melhor que os rapazes não te encontrem aqui. Para piorar, vem um que é um energúmeno. Um indivíduo muito querido que trabalha com transporte de verduras. Um tipo pitoresco, um herói popular. Até fizeram um versinho para ele:

Salite de la esquina
*Camionero loco...**

– E tenho que ficar dando voltas pela rua enquanto você recebe seus amigos?

– Que ideia é essa? Pela rua? Não quero que te aconteça nada.

– Não posso acreditar no que estou ouvindo. Pretende que eu me esconda debaixo da cama?

– Como pode pensar uma coisa dessas? Tenho uma ideia melhor. – Tomou-o pelo braço e o levou para fora. – Não vamos perder tempo. A qualquer momento eles chegam.

– Não me empurre. Aonde vamos?

Isidorito piscou-lhe um olho e, pondo um dedo sobre os lábios, pediu-lhe que ficasse em silêncio.

– Ao sótão – sussurrou.

Vidal podia interpretar essas palavras como uma explicação ou como uma ordem. No primeiro pátio cruzaram com Faber, que ia para os fundos. Apareceu também Nélida, com uma trouxa de roupa. Empurrado pelo filho,

* Em tradução literal: "Saia da esquina/ Caminhoneiro louco...". (N.T.)

Vidal subiu apressadamente a escadinha, na esperança de que a menina não o visse. Uma vez lá em cima, entrou engatinhando, porque o teto era muito baixo.

– Aqui você vai ficar muito bem – garantiu o rapaz. – Pode até tirar uma soneca recostado num dos caixotes. Apague essa luz e não desça até que eu avise.

Isidorito escapuliu antes que ele pudesse protestar. O lugar não lhe parecia bem escolhido. Como *don* Soldano, o atacadista de aves e ovos, usava-o como depósito, estava abarrotado de caixotes sujos e malcheirosos. Com a luz apagada, a escuridão era intolerável. Isidorito o apressou tanto que não se lembrou de trazer o poncho nem o sobretudo, o que o deixava satisfeito, porque teriam que ser mandados para o tintureiro, mas a verdade é que tremia de frio, e além disso as tábuas sob seu corpo eram duras demais. Se ao menos tivesse passado pelos fundos antes de subir... Perdia a cabeça quando seu filho se impacientava tanto.

Também o desorientara, vinte anos antes, Violeta, a mãe de Isidorito, uma mulher impetuosa, que sem necessidade de provas concebia as opiniões mais contundentes. Diante dessa convicção, ele sempre sentira que toda dúvida era ofensiva e por um tempo se deixou dominar. Que imagens lhe vinham primeiro à lembrança quando pensava na época de Violeta? Antes de tudo, monumentais redondezas rosadas e a cor do cabelo – louro avermelhado –, e um odor que tendia a uma acritude ferina. Depois, sucessivos momentos de um período que agora lhe parecia breve: o dia em que ela lhe comunicou, no Palais Blanc, que esperava um menino e que deviam se casar. O dia em que o menino nasceu. O dia em que soube, por fim, que ela o enganava. Estava passando um filme de Louise Brooks, ele tinha entrado no mesmo Palais Blanc, e de repente sentiu um aroma que lhe trouxe saudades, e na escuridão da sala, na fila da frente, ouviu uma voz inconfundível que dizia: "Não se preocupe. Ele nunca vem sem mim ao *biógrafo*".* O dia em que encontrou sobre o travesseiro a

* *Biógrafo*: palavra usada, nas primeiras décadas do século XX, alternadamente com "cinematógrafo", para designar o cinema. (A companhia cinematográfica de Thomas A. Edison se chamava Biograph.) A tradução optou por manter esse vocábulo caído em desuso já na época da escrita do romance, mas que tanto agradava a Bioy Casares e a seu amigo Jorge Luis Borges. (N.T.)

cartinha de Violeta; confiava-lhe o filho – *Você é um bom pai* etc. – e ia embora, rio acima, com um paraguaio. A ele coubera – perguntou-se se não teria cometido alguma falha – uma situação muito cantada nos tangos, mas que, como comprovava ao olhar em volta, não era habitual. Enquanto Violeta o deixava, os amigos não faziam outra coisa senão falar de grilhões e da vontade de rompê-los, como se levassem suas mulheres nas costas; a infidelidade o contrariou, sem a dor e o despeito que as pessoas supunham inevitáveis, e, pelo fato de cuidar do filho, gozou de um extraordinário prestígio entre as vizinhas, embora não tenha faltado uma a desafiá-lo com a afirmação de que ela jamais respeitaria um homem que se ocupava de tais afazeres. Tudo isso lhe provou que os demais não sentiam como ele. Naquela época, pensou em se mudar para um apartamento, porque tinha recebido uns *pesos* que um parente lhe deixou (ah, que desgosto Violeta teria se ficasse sabendo!), mas, como as vizinhas cuidavam de Isidorito enquanto ele trabalhava, desistiu do projeto. O dinheiro se foi gradualmente, na vida de todos os dias, e ele não voltou mais a pensar em mudanças. Em seguida, lembrou da tarde em que, ao chegar em casa, ouviu, no quarto contíguo, em meio ao vozerio de mulheres arrebatadas, o comentário de uma senhora: "Olhem a coisinha dele". Essa lembrança lhe avivou a vontade de ir aos fundos do prédio. Na verdade estava desesperado, mas não se atrevia a descer porque lhe haviam dito que não o fizesse. Ao obedecer tão cegamente ao filho, agia como um pobre velho; ponderou depois que essa era uma argumentação de menino malcriado; foi por algum motivo que lhe disseram para não descer. Sobre um ponto não cabia discussão: ele não aguentava mais. Arrastou-se como pôde por aquele sótão infecto, entrincheirou-se atrás dos últimos engradados e, ajoelhado, em uma posição instável, urinou interminavelmente. Perto de terminar, viu luz entre as tábuas do piso; assustado, calculou que ali embaixo ficava o quarto do senhor Bogliolo. Só a ideia de uma escaramuça naquele lugar coberto de sujeira de galinheiro bastava para amedrontá-lo. Com a maior cautela, tentou se esconder atrás dos caixotes empilhados na outra extremidade. Em pouco tempo estava sonhando com um homem que passou quase toda a ditadura de Rosas escondido num sótão, até que foi delatado pelo mais velho de seus meninos, aquele que durante as noites ele tinha feito em sua mulher, e a *mazorca** o

* *Mazorca*: corporação paramilitar que atuou sob o governo de Juan Manuel de Rosas (1793-1877). (N.T.)

degolou. Depois, em outro compartimento desse mesmo sonho, ele saltava a cavalo íngremes obstáculos, triunfal entre as mulheres, e combinando modéstia pessoal com orgulho patriótico explicava: "Ando bem a cavalo, como qualquer argentino". Como nunca havia montado, começou a desconfiar de suas aptidões e por fim caiu dolorosamente. Perfumada de alfazema, Nélida se reclinou sobre seu rosto e lhe perguntou: "Que houve com você?". Não, o que na realidade Nélida repetia era:

– Eles já foram embora.

– Que horas são? – perguntou. – Estava meio adormecido.

– Duas. Eles já foram embora. Isidorito não veio porque teve que acompanhá-los por algumas quadras. Não vai demorar. Agora pode descer, *don* Isidro.

Quando quis se pôr de pé, seu corpo todo doeu e sentiu um repuxão na lombar. Com incredulidade pensou: "A ciática de novo?". Mortificava-o que a moça presenciasse suas dificuldades, que mentalmente qualificou de *misérias.* Desculpou-se:

– Pareço um velhinho entrevado.

– Foi a má postura – explicou Nélida.

– Má postura – admitiu sem convicção.

– Deixe-me ajudá-lo.

– Era o que faltava. Eu posso...

– Eu ajudo.

Sem ajuda não teria saído dali. Nélida o amparou e, como uma enfermeira, levou-o até o quarto. Vidal abandonou-se aos seus cuidados.

– Agora vai me deixar colocá-lo na cama – pediu Nélida.

Ele respondeu com um sorriso:

– Não. Ainda não chegamos a esse ponto. Posso deitar sozinho.

– Bom. Eu espero. Não vou embora até que esteja deitado.

Vendo-a assim, de costas, parada no meio do quarto, pensou que eram muito evidentes nela os traços de força e beleza de uma jovem fêmea. Conseguiu se despir e se meter na cama.

– Pronto – disse.

– Tem chá? Vou lhe preparar um chazinho.

Apesar da dor lombar, sentiu uma espécie de beatitude desconhecida, porque fazia muitos anos, nem lembrava quantos, que não o mimavam.

Refletiu que estava se iniciando nos prazeres da velhice e da doença. Enquanto lhe servia o chá, Nélida disse que ficaria por um momento. Sentada aos pés da cama, falou-lhe – para manter uma conversa, na opinião dele – de sua vida, e com algum orgulho afirmou:

– Tenho um namorado. Um rapaz que eu gostaria que o senhor conhecesse.

– Claro – disse sem vontade.

Pensou que as mãos de Nélida lhe agradavam.

– Trabalha numa oficina mecânica, de carros, sabe, e como tem sensibilidade artística, integra o trio folclórico Los Porteñitos, que toca à noite em locais do centro e principalmente na Plaza Italia.

– Vocês vão se casar?

– Assim que juntarmos dinheiro para o apartamento e os móveis. O senhor não sabe como ele me ama. Vive pendurado em mim.

Nélida seguiu comentando. Muito depressa, sua vida, ao calor dessa descrição, constituiu uma sucessão de triunfos em bailes e em festas, nos quais ela era a inconfundível heroína. Vidal a escutava com incredulidade e ternura.

Abriu-se a porta. Isidorito olhou, surpreso.

– Desculpe por interromper.

– Seu pai não está bem – explicou a moça. – Eu quis lhe fazer companhia até você voltar.

Vidal achou que Nélida tinha ficado ruborizada.

VI

Sexta-feira, 27 de junho

Na manhã seguinte estava melhor, mas não o bastante para se despreocupar. Se tivesse dinheiro, pensou, iria à farmácia, tomaria uma injeção e ficaria novo em folha (se não naquele dia, pelo menos uma semana depois, quando já lhe tivessem aplicado a caixa inteira). Enquanto não recebesse a aposentadoria, todo gasto que não fosse indispensável estava fora de questão. Se na farmácia fosse atendido pelo senhor Garaventa, não haveria dificuldades, pois entre homens a gente explica essas coisas, mas se quem o atendesse fosse dona Raquel, a solicitação se tornaria espinhosa. Deixava-o ainda mais perplexo a dupla circunstância de dona Raquel ter boa mão e de o farmacêutico ter fama de açougueiro.

Quando foi aos fundos, encontrou-se com Faber e Bogliolo, que, gesticulando, loquaz, nervoso, narrava alguma coisa. Interrompendo um pouco seu interlocutor, Faber perguntou:

– E o senhor, onde se meteu na noite passada?

Vidal vacilou, perturbado. Chegou a balbuciar:

– É que…

Não foi necessário esclarecer.

– Quanto a mim – cortou-o Bogliolo –, apesar de não me surpreender facilmente…

Vidal o olhou com certa curiosidade: falava de um modo estranho, com a expressão mudada.

Levantando a voz, Faber conseguiu se fazer escutar:

– Consegui me meter num banheiro – explicou –, mas, acreditem, passei uma noite de novela. A certa altura, golpearam a porta. Quando achei que meu fim tinha chegado, foram embora.

– Quanto a mim – insistiu Bogliolo –, ainda que não me deixe surpreender facilmente, me vi cercado pela rapaziada e, como não sou de perder a cabeça, optei por dançar conforme a música deles.

– Ao amanhecer, quando vi a saída desimpedida – continuou Faber –, não conseguia me levantar. De tanto ficar sentado, não sei o que me deu, uma dor lombar ou um espasmo na cintura.

Arrastado por um impulso fraterno, Vidal disse:

– Comigo foi a mesma coisa.

– Não, não – protestou Faber. – Quando saí do banheiro me mantive flexionado por um tempo considerável.

Bogliolo, apesar de alguma dificuldade de expressão, conseguiu calar seus interlocutores ao retomar o relato:

– Os rapazes entraram no jogo e ficamos lá conversando e planejando golpes até altas horas. Não pensem que a minha situação era confortável: eu fervia por dentro e, embora disfarçasse, estava nervoso. Quando a reunião se dissolveu, tentei ficar, mas insistiram para que eu os acompanhasse. Eu quis me juntar ao grupo do seu filho, que afinal é um conhecido, mas dois me deram os braços e, conversando como amigos, caminhamos uma enormidade na direção da Galeria Pacífico. Perto dos depósitos do vinho Giol, um deles, que chamavam de Nenê, sem alterar seu tom cordial, me mandou esquecer tudo o que tinha ouvido durante a noite. O outro elogiou minha dentadura e, com o pretexto de examiná-la, tirou-a com um puxão. Vocês não vão acreditar: quando a pedi de volta, o mais baixinho me disse que, se eu quisesse voltar para casa praticamente inteiro, não perdesse tempo.

– De todo modo, para nós ficou muito mais barato do que para Huberman – observou Faber.

Com a contida afetação de que lançava mão em ocasiões delicadas, Bogliolo arriscou:

– Seu filho, *don* Isidro, me impressionou por ser um moço responsável. O senhor se animaria a sondá-lo?

– A sondá-lo? – perguntou Vidal.

– Para que explore um pouco o terreno e veja se tenho uma chance de recuperá-la. O senhor sabe quanto vale uma dentadura.

– Pois então não sei?

– Conto com o senhor?

– Conte, conte. Como foi o caso de Huberman?

Bogliolo arqueou as sobrancelhas com alguma desconfiança. Depois se pôs a explicar:

– O coitado vinha com seu carrinho por Las Heras...

Faber o afastou um pouco e o interrompeu:

– Posso dizer uma coisa? Recortei na *Última Hora* as declarações do assassino – tirou do bolso o recorte e o desdobrou cuidadosamente. – Não tem conversa jogada fora. Ouçam isto:

"Quando vi aquela careca no carro da frente, me dei conta de que eu tinha errado de faixa. Confesso que eu talvez estivesse prevenido, irritado de antemão. Mas, acreditem, senhores, tudo se passou como eu havia previsto: quando os outros veículos arrancaram, o que estava na minha frente continuou parado, com seu motorista, o velhinho careca, primeiro à espera de seus próprios reflexos e depois se preparando para pôr o carro em movimento. Aquele velho acabou sendo vítima de uma irritação que eu trago acumulada por situações parecidas como essa, por culpa de velhos como ele. Eu não conseguia me conter, e a tentação de fazer pontaria naquela careca ladeada pelas orelhas de abano foi demais para mim".

Vidal perguntou:

– O que fizeram a esse louco?

– Bom, *che*, não tome a coisa desse jeito – protestou Bogliolo.

– Recuperou imediatamente sua liberdade – atestou Faber.

Bogliolo abriu a torneira de um tanque e bebeu água, com a ajuda da mão. Recomendou a Vidal:

– Não vá esquecer, se for possível, de sondar seu filho.

Afastou-se em direção aos quartos. Os outros o seguiram lentamente.

– Me dá pena – disse Faber.

– A mim, nenhuma – respondeu Vidal.

– Com esse ar de mau, é um pobre-diabo, um mísero estafeta do gerente. Não sabe a que lado se agarrar.

Encontraram-se com Nélida e Antonia. Vidal notou que não cumprimentaram Faber. Ele se retirou.

– Parabéns por suas amizades, *don* Isidro – observou ironicamente Antonia.

– Diz isso por causa do Botafogo?

– O Botafogo ainda passa. É esse velho sem-vergonha que eu não engulo.

– Antonia tem razão – afirmou Nélida.

Vidal observou Nélida, admirou a ligeira curva de seu pescoço, pensou que podia descrevê-lo como um pescoço de cisne e que estava sempre descobrindo alguma coisa na moça. Rapidamente perguntou:

– O que ele fez?

Antonia se enfureceu:

– O que ele *não* fez? É um velho repugnante. Só de falar, a raiva me sufoca. De noite aborda a gente com as intenções mais grosseiras, nos banheiros ou ali por perto! Pergunte a Nélida, se não acredita em mim.

Nélida reconheceu:

– Depois das dez da noite ele fica escondido, à espera.

– Não é possível – exclamou Vidal.

– Pode ter certeza. Nós sabemos muito bem disso.

– Não me digam! Será que ele não se enxerga? Deve estar desesperado e por isso perdeu a vergonha.

Vidal comentou que a conduta de Faber era inacreditável e foi pródigo em condenações.

– Eu não teria remorso em denunciar um velho assim – declarou Antonia.

Embora concordasse com ela, Vidal o defendeu:

– É um pobre-diabo.

Repetiu isso várias vezes. Tentou outras defesas, porque os ataques eram impiedosos.

– Não deveria sobrar nenhum velho assim – sentenciou Antonia.

– Bom, admito que vocês têm razão. Velhos que se metem com mulheres jovens são um triste espetáculo. Repugnante. Vocês têm razão. Toda a razão. Mas se os compararem com um delator, com um traidor, com um assassino…

– Não foi ao senhor que o Faber ofendeu. Ponha-se no meu lugar.

– Você só poderia mesmo se ofender – concordou Vidal. – Faber não tem perdão. Mas talvez o infeliz não esteja vendo como é grotesco o que ele está fazendo, porque vê-lo seria reconhecer que está velho e se aproximando da morte.

Antonia perguntou:

– E o que eu tenho com isso?

Vidal julgou a réplica inapelável; mesmo assim, como achou que devia tentar um último esforço em favor do amigo, resumiu sua argumentação com estas palavras:

– Bom, dou-lhes razão em tudo. Ele é velho e feio, mas isso é algo que não se pode jogar na cara dele. Ninguém é velho e feio porque quer.

Antonia o olhou, balançando a cabeça, como se tivesse ouvido algo extravagante e o perdoasse simplesmente porque o aceitava como era.

– Com *don* Isidro ninguém pode. Vou lavar um pouco de roupa.

Antes de segui-la, Nélida sussurrou:

– Não fale assim na frente da Antonia.

VII

Estava aliviado. O longo dia de vadiagem no quarto tinha lhe trazido uma melhora notável. Só não saiu por conselho de Nélida. Ao meio-dia, quando ia ao restaurante, encontrou-se com ela na porta que dava para a rua. A menina lhe disse:

– Não saia. Sair assim à rua me parece uma imprudência. Tire um descanso hoje e amanhã estará bem.

– Não se vive de ar. Acredite, nem para cozinhar macarrão tenho disposição.

– Minha tia Paula me trouxe uma travessa de pasteizinhos. O senhor aceita?

– Só se você for comê-los comigo.

– Não, isso não. Por favor, não me leve a mal. O senhor sabe como as pessoas são.

Comeu meia dúzia dos pasteizinhos de Nélida, um depois do outro, uma verdadeira iguaria que ajudou a mandar para dentro com mates. De todo modo lhe caíram pesados, e dormiu uma longa sesta, daquelas de antigamente, das quais o sujeito por fim acordava desorientado, sem saber se era dia ou o meio da noite. Tomou mais mate e em vão esperou Isidorito lhe trazer o rádio que tinha levado para consertar. Resignou-se a cozinhar o macarrão, comeu-o com queijo ralado, pão amanhecido e vinho tinto, e quando só restavam migalhas Jimi entrou.

– Cheguei tarde? – perguntou.

– Por incrível que pareça. Não sobrou nada.

– Não vai me dizer que não tem uma sobremesa no armário... Um pudim? Nem sequer uma barra de chocolate?

– Bom, tem o chocolate do Isidorito. Vai te cair como chumbo.

– Não se preocupe, minha digestão ainda é boa – declarou, enquanto mordia rapidamente a barra. – Espero não causar uma desavença entre vocês. A propósito: esta noite vamos jogar na casa do Néstor, que se dá bem com o filho. É mais seguro. Você vem?

Vidal achou que podia aceitar porque Nélida não ficaria sabendo e porque lhe faria bem se reunir com os rapazes, arejar um pouco, renovar as ideias, que tinham ficado um pouco lúgubres ao longo daquele dia de quietude e de indigestão. Perguntou:

– O friozinho continua, *che*?

– Agasalhe-se, que as coroas fúnebres estão caras.

Vidal cobriu os ombros com o pequeno poncho e saíram para a noite.

– O que há com você? – perguntou Jimi. – Estou te achando meio entrevado.

– Nada. Uma dor na lombar.

– São os anos, velho, são os anos. O homem astuto desenvolve a tempo sua estratégia contra a velhice. Se pensa nela se entristece, perde o ânimo, todo mundo nota, os outros dizem que está se entregando antes do tempo. Se a esquece, fazem-no lembrar que para cada coisa há um tempo e o chamam de velho ridículo. Contra a velhice não há estratégia. Olha, estou vendo gente na esquina, vai ver que é uma gangue ou um desses piquetes de repressão, como eles chamam... Não custa nada dar a volta no quarteirão e evitá-los.

– A gente se conforma com tudo. Você acha que dois velhos argentinos, dos tempos da nossa juventude, se resignariam a essa prudência?

– Olha, naquela época todos eram impetuosos, mas se ninguém os visse, quem sabe.

VIII

Néstor vivia com a mulher e o filho, que também se chamava Néstor, na Calle Juan Francisco Seguí, numa casinha composta de sala de jantar e um quarto na frente, outro quarto e demais dependências nos fundos, sobre um jardim ou um terreno. Quando os dois amigos chegaram, os outros estavam reunidos na sala de jantar. Numa das paredes havia um relógio de pêndulo parado nas doze horas. A mulher, dona Regina, como era seu costume, não se deixava ver pelos amigos do marido; respondendo uma pergunta sobre ela, ele vagamente indicou os fundos da casa.

O filho explicou:

– Estão me esperando num café do outro lado da avenida.

– Alvear – precisou Dante.

Todos riram. Com a maior seriedade Jimi explicou:

– Nosso velhinho é pré-histórico.

O filho de Néstor corrigiu educadamente:

– O senhor Dante quis dizer a Avenida do Libertador.

– Dante tem razão – observou Arévalo. – É preciso se opor à mudança de nomes. A cada vinte anos mudam as casas, mudam os nomes das ruas...

– Mudam as pessoas – comentou Jimi e se pôs a cantarolar: – *¿Dónde está mi Buenos Aires?*

– Não há razão para considerar que é a mesma cidade – afirmou Arévalo.

O rapaz se despedia dos convidados de seu pai. Vidal se desculpou:

– Que maneira de invadir a casa.

– Até o obrigamos a sair – acrescentou Arévalo.

– O importante é que estejam à vontade – garantiu o rapaz. – Não se incomodem comigo.

– É um disparate que precise sair por nossa causa – disse Arévalo.

– O que é isso, comparado a tudo o mais? – protestou o rapaz. – Estou com os amigos de papai. – Num balbucio, completou: – Caia quem cair.

Deu um tapinha afetuoso no ombro do pai. Sorriu, saudou a todos com a mão levantada, saiu.

– Um bom menino – disse Vidal.

– Um charlatão – murmurou Jimi.

Néstor serviu o *fernet*, os amendoins, as azeitonas. Rey estendeu uma mão ávida. Tiraram a sorte nas cartas; coube a Vidal jogar com Jimi e Arévalo, de modo que naquela noite, antes de começar, duas partidas já estavam ganhas.

– Que me dizem do estofador? – comentou Rey de boca cheia.

Vidal perguntou a Néstor:

– Você o conhecia?

– Vi umas mil vezes, na frente da sua casa.

Embora Néstor tenha pronunciado *frente* com um erre marcadamente francês, ninguém sorriu, exceto Jimi, que também piscou um olho.

– De quem vocês estão falando? – perguntou Dante.

– Estou assustado com a grande mudança que venho percebendo – disse Arévalo.

– Do avô de Rey – disse Jimi, sufocando o riso.

– Não acredito em você – replicou Dante.

– Estou assustado com a grande mudança que venho percebendo – insistiu Arévalo. – Essas coisas antes só aconteciam nas notícias policiais, e a desconhecidos; agora, acontece a pessoas do bairro.

– Cuja cara conhecemos – acrescentou Rey, truculento.

– Mais um passo e… pobres de nós! – gemeu Jimi, piscando um olho.

– Você não tem alma – disse Rey, como se o desqualificasse. – Por que o governo tolera que esse charlatão espalhe o veneno pela rádio oficial?

Vidal falou em tom reflexivo:

– Creio que Farrell deu consciência à juventude. Se você é contra bate-papos em torno da fogueira, ainda vão confundi-lo com os matusaléns.

– Que raciocínio – disse Arévalo com um sorriso.

Rey assinalou:

– Estão vendo o veneno? Nosso próprio Isidro falando com o palavreado chulo do demagogo.

– Certo – concedeu Arévalo –, mas você, Leandro, força a mão. É conservador demais.

– Por que não haveria de ser?

– Por que os velhos estão se tornando tão odiosos? – argumentou Arévalo. – Porque estão satisfeitos demais e não cedem seu lugar.

– Quem consegue afastar o Circunspecto da caixa registradora? – perguntou Jimi.

– E vou ceder a espertinhos só porque são jovens? Abandonar o fruto do meu trabalho? Deixar o leme?

Piscando um olho, Jimi cantou:

– *¡Cómo rezongan los años!**

– É muita piada – comentou Néstor. E sem perdoar um erre francês continuou: – Mas, se as autoridades não param essa onda, quem estará seguro?

– Lembram da ricaça de Ugarteche? – perguntou Rey.

– A velha dos gatos? – perguntou Arévalo.

– A velha dos gatos – assentiu Rey. – De que podiam acusá-la? De uma extravagância, alimentar gatos. Pois então, ontem, sem mais nem menos, na esquina da casa dela um bando de moleques a matou a pancadas, diante de resignados transeuntes.

– E dos gatos – acrescentou Jimi, que não tolerava por muito tempo as tristezas.

– Farejavam o cadáver – precisou Rey.

Jimi comentou com Vidal:

– Com o galego a gente precisa abrir o guarda-chuva. Viu como o pedacinho de amendoim voou? Nós, velhos, cuspimos ao falar. Eu vinha me safando dessa desgraça, mas já comecei. Outro dia, no calor de uma explicação, apliquei minha manchinha branca na manga da camisa não me lembro de quem. Para disfarçar, queria prosseguir a conversa, mas só pensava: Tomara que não se dê conta.

– Pior é o caso do avô – disse Arévalo.

– De Rey? – perguntou Dante.

* Em tradução literal: "Como relutam os anos!". Trecho do tango "Cómo se pianta la vida" (1929), de Carlos Viván. (N.T.)

– Vocês não leem jornal? – perguntou Arévalo. – Era um peso para a família e foi eliminado por duas netas, de seis e oito anos.

– Respectivamente – completou Rey.

– Estão querendo me inquietar? – perguntou Jimi. – Vamos falar de coisas sérias. O River ganha domingo?

– Nos confrontos decisivos, o River sempre cresce – declarou Rey.

– Não é por acaso que te chamam de Circunspecto – comentou Arévalo.

Dante perguntou, irritado:

– E o que isso tem a ver com seu avô?

Relembraram os despropósitos que ocorriam em campo e nas arquibancadas. Rey sustentou:

– Hoje em dia, o homem prevenido assiste ao futebol na frente de uma televisão.

– Quanto a mim – disse Dante, que uma vez na vida tinha escutado –, agora não vou ao estádio nem em jogo do Excursionistas.

Depois de se mostrar partidário de uma "confrontação efetiva, direta", Néstor anunciou:

– No domingo vocês vão me ver na arquibancada torcendo pelo River.

– Não seja irresponsável – rogou Jimi.

– Suicida – sentenciou Rey, fleumático.

Dante explicou:

– O Néstor vai com o filho.

– Ah, isso é outra coisa – admitiu o próprio Rey.

Vaidoso em seu orgulho de pai, Néstor confirmou:

– Viram? Não sou irresponsável nem suicida. O garoto vai comigo.

– Enquanto isso, com esta conversa – cortou Jimi –, ele estica o jogo e vai adiando a derrota. Será que o velhinho está nos enganando? Será ele um espertalhão?

Quando a derrota veio pela quarta vez, os perdedores disseram basta. Dante declarou a intenção de se deitar cedo. Néstor ofereceu outra rodada de *fernet* e de amendoins. Rey observou que era meia-noite. Pagaram.

– Vamos ter uma sorte bárbara no amor – disse Néstor.

– Por que teriam? – perguntou Jimi. – Não foi por falta de boas cartas que perderam.

Rey sorriu, abanou a cabeça, repreendeu afetuosamente:

– Pelo menos nos deixe essa esperança.

– Olhem só – disse Arévalo. – Onde está o seu famoso descaramento? Não era à toa que Novión* sustentava que só a ideia do amor já basta para humanizar.

Saíram juntos, mas cada um se encaminhou bem depressa para sua casa, exceto Rey, que disse:

– Quero esticar as pernas. Te acompanho até a porta, Isidro. – Em tom de confidência acrescentou: – Espero que não imagine que o único entretenimento na minha vida é me refestelar na poltrona diante do futebol na tevê. Digo isso com todo o respeito por essas geringonças tecnológicas.

Vidal sentiu que a última frase o deixou inexplicavelmente irritado com o amigo. Estavam chegando. Rey o tomou pelo braço e disse:

– Vamos caminhar mais um pouco. Venha, me acompanhe até em casa.

Enquanto caminhavam, Vidal refletiu que, de sua parte, queria estar sozinho, já na cama, de preferência dormindo. Para romper o silêncio, comentou:

– Esta noite o frio está mais brando.

– O veranico de São João já está vindo, com atraso, mas está vindo.

Vidal pensou que à noite, como se houvesse mais espaço, costumava ficar livre de circunstâncias que durante o dia o torturavam; a dor lombar, por exemplo, havia se dissipado, ou pelo menos incomodava pouco. Como estavam chegando à padaria, apressou-se em exclamar:

– Até amanhã.

– Te acompanho até sua casa.

Ocorreu a Vidal, pela primeira vez, que o outro talvez quisesse lhe dizer algo importante. Pensou também que daquele jeito, enquanto Rey não se resolvesse, caminhariam até o amanhecer. De novo rompeu o silêncio.

– Por que você não estava ontem na padaria?

– De manhã? Exageros das meninas...

Claro que a necessidade e o escrúpulo de falar o distraíam. Vidal não era curioso. Com o egoísmo de um homem cansado, resolveu cortar aquele ir e vir.

– Até amanhã – disse e se meteu pelo pátio. Vagamente entreviu o rosto carnudo de Rey de boca aberta.

* Alberto Novión (1881-1937), escritor e dramaturgo que nasceu em Bayonne, França, e emigrou primeiro para Montevidéu, depois para Buenos Aires, naturalizando-se argentino. (N.T.)

IX

Sábado, 28 de junho

Pela manhã a dor lombar reapareceu. Vidal se levantou devagar, esquentou a água, se vestiu, tomou alguns mates. Nos movimentos que ensaiava, investigou a dor, sem pressa. Brincando consigo mesmo, comparou essa ação com a de um bom jogador de truco, por exemplo Arévalo (ou Jimi quando imitava Arévalo), que perscruta as cartas uma a uma e com alardeada lentidão se inteira do jogo que a sorte lhe reservou. Depois de um momento concluiu que a dor, muito suportável, por enquanto não justificava injeções ou outros gastos de farmácia. Entendeu então que devia, como homem, enfrentar uma verdadeira prova, a mais dura: lavar um pouco de roupa. Disse: "Agora mesmo"; imaginou o esforço de esfregar e enxaguar com as costas encurvadas, se acovardou, classificou de mastodontes os velhos tanques da pensão, largos e profundos. Protestou: "Um modelo que não se fabrica mais. Não é à toa que dizem que as pessoas de antigamente eram maiores". Recolheu um par de meias, uma cueca, uma camisa, uma camiseta. Sacudiu a cabeça e declarou: "Não há mais remédio. Até que paguem a aposentadoria – e me pergunto se a pagarão algum dia –, não dou mais roupa para lavar. Antonia vai me olhar torto, como todos os meses, quando não deixo a roupa para sua mãe. Até que me paguem, esse e outros luxos ficam eliminados. Que mania de falar sozinho".

Dona Dalmacia, a mãe de Antonia, era a personagem mais popular do cortiço. Viúva desde jovem, podia-se dizer que, lavando e passando (sem por isso interromper os gracejos e a cantoria), aquela valente senhora *criolla* havia criado, educado e mantido relativamente asseados oito filhos. Agora, como todos eles (menos Antonia) tinham se casado e viviam fora, dona Dalmacia recolheu as três pálidas menininhas de um filho que passava por dificuldades: no amplo coração daquela senhora sobrava lugar, e sua disposição para o trabalho não conhecia limites. A idade, entretanto, havia modificado seu jeito de ser, no qual dava para perceber o recrudescimento de certa brusquidão inata, o que deu margem, certamente, para que pessoas novas no bairro a apelidassem, carinhosa e zombeteiramente, de Sargentão; mas, se as cóleras da mulher eram contundentes – quem se indispunha com ela corria algum risco –, também era verdade que perdoava rápido e esquecia as ofensas.

A caminho dos fundos, Vidal murmurou: "Tomara que eu não encontre ninguém. Aqui fazem um recenseamento das vezes que cada um vai ao banheiro". Claro que encontrou Nélida, que lavava roupa, e Faber.

– Estava explicando à senhorita aqui – disse Faber – que nem toda a culpa é dos desajustados. Há também os que provocam. Dá para acreditar, *don* Isidro, que Antonia me virou a cara?

– Não é possível – disse Vidal.

– Não é possível? O senhor não a conhece. O senhor Faber não me fez nada, mas ela quer que eu o trate como a um cachorro.

Faber confirmou com a cabeça. Vidal exclamou:

– Não dá para acreditar.

– Posso lhe contar uma coisa? Agora ela faz fuxico de mim com todo mundo, porque outra noite estive no quarto dele.

Vidal não pôde conceder a essa revelação o assombro esperado, porque Dante (com algo insólito em sua aparência) e Arévalo chegaram. Rapidamente Nélida se retirou.

– Bom – disse –, mas vocês não fiquem sempre à vista e tenham paciência.

Faber fugiu em direção a seu quarto e Vidal topou com o gerente. Este declarou:

– Não podemos deixar que desacordos ou ninharias nos separem. Um exemplo? O senhor Bogliolo está uma fera porque lhe jogaram água lá do sótão. É para tanto? Agora vou subir para ver o que descubro. – Avançou alguns metros, voltou, anunciou dramaticamente: – Ou apresentamos uma frente unida, ou nos atacam por todos os lados.

Quando o gerente se afastou, Arévalo disse:

– Nesta casa reina a animação. Nós, ao contrário, necessitamos de tranquilidade. Queremos te fazer uma consulta.

– Estou à disposição – respondeu Vidal.

– Não precisa fazer essa cara solene. Queremos sua opinião. O Dante aqui resolveu na noite passada... digo ou não?

– Viemos até aqui para isso – disse Dante, irritado. – Quanto antes, melhor.

Arévalo falou rapidamente:

– Ontem à noite o Dante resolveu pintar o cabelo e quer saber o que você acha.

Vidal balbuciou:

– Me parece perfeito...

– Não tenha pressa – protestou Arévalo.

– Quer que eu explique minhas dúvidas? – perguntou Dante. – Há pessoas que sentem repugnância e se enfurecem com o cabelo grisalho; por outro lado, há outros que sentem raiva é de um velho de cabelo pintado.

– Quer que eu te explique? – disse Arévalo. – Estava contando ao Dante que uma vez, indo com uma garota a um hotel, cruzamos com outro casal na porta. A garota riu: "Olha o velhinho". Olhei e era um colega meu de escola, mais jovem que eu, só que parecia uma ovelha com o cabelo branco.

– Você pinta o seu?

– Está louco? Graças a Deus, nunca precisei.

– Há um porém – observou Dante, visivelmente preocupado. – Dá para perceber a tintura.

– Quem vai notar? – replicou Arévalo. – Ninguém repara em ninguém. Só temos uma ideia geral de que fulano é grisalho ou careca.

– As mulheres, provavelmente, reparam – opinou Vidal.

– Não te escuto – disse Dante.

– Reparam em outras mulheres, para criticá-las – disse Arévalo.

– Agora as pessoas reparam – insistiu Dante. – E não me venham querer negar: um velho de cabelo pintado provoca irritação.

– E os carecas? – perguntou Vidal.

– A tintura – continuou Dante – é, por enquanto, um procedimento tosco. Dá para notar.

– Metade das garotas que andam pela rua tem cabelo tingido. Já percebeu?

– Eu não – disse Dante.

Como se mudasse de lado, Arévalo admitiu:

– Dá para perceber quando se tenta disfarçar. Que me dizem dessas negras tingidas de louras?

– Não me interessam as negras. Digam a verdade, pareço mais jovem? Eu assim não engano ninguém – declarou Dante, desolado.

– Então, por que tingiu? – perguntou Arévalo.

– Não sei, *che*. Te fiz uma pergunta.

– Às vezes não há outro remédio senão saltar no vazio.

– Isso parece fácil quando se trata dos outros. E agora vocês não me dizem nada, se ficou bom ou ruim. Estou pior que antes?

Vidal pensou: "É um menino entediado e estúpido". Perguntou:

– E um careca, o que faz?

Nélida voltou.

– Ai, senhor – exclamou em voz baixa –, Leandro está ao telefone procurando pelo senhor.

– Me esperam um momento?

– Não, já vamos indo.

Nélida lhe disse:

– Que vai fazer com essa roupa?

– Vou lavá-la.

– Pode dar para mim.

– Antonia vai pensar…

– Era só o que faltava.

Para entrar no ateliê, onde meia dúzia de moças trabalhava, dominou uma apreensão instintiva. No entanto, até pouco tempo atrás, ter mulheres jovens à sua volta o atraía.

Rey lhe disse ao telefone:

– Estou prestes a investir um dinheirinho num hotel…

– Não diga…

– Gostaria de mostrá-lo a você. Se anima a sair esta tarde? Não fica longe da sua casa. Cinco horas é muito cedo?

Informou a rua – Lafinur – e o número.

Vidal nunca teria imaginado que esse era o segredo que perturbava o amigo na noite anterior. Julgou-se um mau psicólogo. Sempre havia o que descobrir nas pessoas.

X

Ao desembocar na Calle Lafinur, exclamou: "Não é possível!". Poucos passos depois admitiu: "No entanto, não há outro por aqui". De imediato as vacilações da noite anterior se tornaram compreensíveis: o pobre Rey hesitava em lhe comunicar a intenção de comprar um motel. Agora ele próprio vacilava. "Vamos ser sinceros", disse, "entrar sem uma companheira é bastante incômodo." Rey apareceu na porta do motel com um grande sorriso e o chamou por meio de sinais. Quantos anos um homem teria que viver para deixar para trás todas as vergonhas injustificadas, para amadurecer completamente? Tinha olhado em volta, esperando talvez entrar sem que ninguém o visse, sobretudo pela circunstância agravante de que o impertinente Rey chamava a atenção com seus gestos. Em seguida Rey o abraçou, muito contente e até nervoso. De repente já não existia motivo algum para que um observador casual imaginasse disparates. Uma infinidade de razões podia levar até ali dois senhores como eles. Por exemplo, visitar o motel com a intenção de comprá-lo. Como tantas vezes, a verdade parecia inacreditável.

Rey o conduziu por um corredor que dava para o pátio, bateu com dedos prudentes numa porta, abriu-a sem esperar que respondessem e se pôs de lado, para que Vidal entrasse primeiro. Depois de uma brevíssima hesitação, este lhe obedeceu. Tinha perdido a sisudez, como num sonho, de modo que se alegrou ao se encontrar diante daquele gordo pálido, certamente o proprietário, num escritório com uma mesa e xicrinhas de café. Rey apresentou:

– Meu amigo Vidal. Meu conterrâneo Jesús Vilaseco.

– Outra xícara, Paco – vociferou o proprietário. – O café, bem passado e quente. – Baixou a voz, para perguntar num gemido: – Há piores funcionários que os de hotéis como este? Tirando a arrumação das camas, para que eles servem? Para trazer o café frio, o refresco morno.

O indivíduo apareceu com a xicrinha: um pobre-diabo pálido como seu chefe, porém mais jovem e infinitamente sujo. Anunciou:

– *Don* Jesús, no dezoito deixaram de novo uma parede que dá nojo.

– Foi o da Angélica, Paco?

– Quem mais poderia ser? Se ponho a mão nesse cara…

– Mais café, Paco, e uma vez na vida quentinho.

– Quem é o da Angélica? – perguntou Rey.

– Um mentecapto que toda vez escreve na parede: *Angélica, continuo te procurando.*

Vidal pensou: "Um abandonado. Chama por ela com amor, mas sem ilusões". Intercedeu:

– Pobre homem…

– Pobre homem? – repetiu o proprietário. – Por causa de anjinhos como esse, um dia te fecham o local.

– Não exagere – ponderou Rey.

– Mais cedo ou mais tarde ele cruza com a fulana, que se vem aqui é porque não anda sozinha, e a liquida como a um coelho. Olhando lá da planície vocês pensam que a gente tem uma vida divertida, que isto aqui é um palácio.

Espirituosamente, Rey o interrompeu:

– Não se queixe. Tirando as funerárias, que outro ramo dá tanto dinheiro como o seu?

– Você ainda compara? Quem incomoda a eles? Está certo que precisa ter estômago…

Vidal refletiu que naquela conversa os papéis estavam invertidos. O comprador elogiava a mercadoria, o vendedor a denegria. Teriam se distraído? Rey interpelou seu compatriota:

– Você não imagina a minha luta para cobrar no fim do mês um caderno de dívidas. Sem contar o fiado e os pequenos roubos.

– E você, imagina os meus sobressaltos? Ao inspetor, que você amolece com um pão doce, não satisfaço nem com o faturamento bruto de um sábado, isso para não falar das visitas da Comissão do Conselho de Honra nem dos tipos ridículos da radiopatrulha. Sabe quem eu invejo? *Don* Eladio, que passou da frota de táxis para a rede de garagens e o transporte de carne. Para quando é esse cafezinho, Paco?

Conversaram longa e detidamente sobre *don* Eladio. Vidal pensou que aqueles homens de negócios, como se não tivessem nada para fazer, não mostravam pressa alguma; por sua vez ele, um desocupado, não podia perder tempo daquela maneira. Talvez para continuar ali sentado encontraria incentivo num espetáculo que parecia inevitável: as evoluções daqueles dois, a partir da posição que haviam tomado, para chegar a suas respectivas metas de cobrar mais e de pagar menos. Na verdade, estava furioso de impaciência. Paco entrou e, pondo a cafeteira sobre a mesa, disse:

– Se não está quente, a culpa é das pessoas que estão chegando. A campainha não para de tocar.

– E você ainda se queixa – comentou Rey.

– E não é para me queixar, Leandro? Só peço um café quentinho.

A porta se entreabriu e uma voz feminina perguntou:

– Posso entrar?

Paco foi ver quem chamava.

– É Tuna – disse. – Como vai?

– Tudo bem com você? – perguntou o proprietário.

– Até que enfim você chegou – disse Rey, olhando de soslaio para o relógio.

Era uma moça cor de cobre, de baixa estatura, com um cabelo negro intenso, testa muito estreita, olhos pequenos e duros, pômulos proeminentes, vestida com uma roupa nova, humilde. Estava resfriada.

– Um café, Tuna? – perguntou o proprietário. – Quem sabe numa dessas Paco se esforça e o traz quente.

– Obrigada, mas não tenho tempo.

Rey perguntou, espantado:

– Não tem tempo?

– Claro que sim, *che*. Quero dizer que não sobrando.

Vidal tinha se levantado da cadeira; como não tinham sido apresentados, cumprimentou-a com uma inclinação de cabeça.

– Bom, se está de acordo, vamos entrando – sugeriu o proprietário.

Tuna tirou da bolsa um lenço de papel, desdobrou-o com todo o cuidado, assoou abundantemente o nariz. Vidal observou que fechava a mão sobre o bolo de papel molhado e que o esmalte das unhas era vermelho-escuro. Perguntou-se por que a moça estaria ali. Seria a intermediária? Não parecia.

– Nós seguimos atrás de você – disse Rey.

Vidal foi o último a sair. Os quartos, com sua interminável fileira de portas de cor verde-nilo, davam para um alpendre; à direita, sob uma parreira, corria uma passagem para carros, fechada. O proprietário empunhou a maçaneta da primeira porta.

– Não, *don* Jesús, aí tem gente – alertou Paco.

– Todos os quartos são iguais – declarou o proprietário, e abriu o segundo.

Entraram Tuna e Rey, o proprietário fez Vidal entrar, retirou-se e fechou a porta. No quarto havia uma cama espaçosa, dois criados-mudos, duas cadeiras, grandes espelhos. Vidal pensou: "Caí numa armadilha". Em seguida ponderou que era uma ideia absurda. Até quando ele, um homem já cansado, seria, no fundo, um menino? Pior: um menino tímido. Até o fim de seus dias, para mais de uma situação imprevista... Notou então que Rey beijava carinhosamente as mãos da moça.

– Ou você se comporta direito, ou vou embora – ameaçou Tuna. – Já disse que não quero perder tempo.

– Seremos formais – afirmou Rey, resignado.

Indicou a Vidal uma cadeira e sentou na beirada da cama. Ali, sentado como um menino obediente, parecia muito grande e muito gordo.

Vidal leu distraidamente as inscrições na parede: *Adriana e Martín, Rubén e Celia, Lembrança de um coração entrerriano,* Pilar e Rubén.*

Tuna sofria com um copioso catarro no nariz. Assoava-o com sucessivos lenços de papel que ia tirando da bolsa e acumulando, depois de usados, sobre a cadeira livre. Solícito, Rey insinuou:

– Se acha que pode te fazer mal...

– Se tirar a roupa me fizesse mal – afirmou Tuna –, eu já estaria tuberculosa.

À medida que tirava a roupa, colocava-a ordenadamente nas costas da cadeira. Nua, caminhou pelo quarto, e com inesperada timidez esboçou passos de dança, levantou os braços como se estivesse em êxtase, girou sobre si mesma. Vidal notou que a pele, desde os seios até o baixo-ventre, era

* Natural da província argentina de Entre Ríos. (N.T.)

cinzenta e que junto ao umbigo havia uma pinta preta. A moça se aproximou de Rey, para que ele a beijasse. Depois falou alguma coisa. Surpreso, Vidal compreendeu que ela falava com *ele*. Tuna lhe dizia:

– Você também não vai fazer nada?

Apressou-se a responder:

– Não, não, obrigado.

Nesse momento, pressentiu a possibilidade de logo se aborrecer, de talvez sentir até raiva. Rey dizia entre risadinhas:

– Por mim não se acanhe... Tuna é satisfação garantida.

Talvez quisesse se mostrar dono da situação. Vidal se preparava para replicar secamente quando a moça lhe disse em tom triste:

– Se você não vai fazer nada, peço que aceite uma lembrança.

Tirou da bolsa outro lenço de papel, apertou-o contra a boca e, sob o desenho estampado, escreveu rudemente com o batom: *Da Negra.**

– Obrigado – disse Vidal.

– Te chamam de Negra? – perguntou Rey, ansioso. – Você não me falou que te chamavam de Negra.

A mulher se vestiu, pediu seu pagamento, travou com Rey um áspero debate sobre a quantia. Vidal lembrou que Rey chamava de "hora da verdade" o momento de entregar o dinheiro. Ao se despedir, Tuna e Rey já não estavam brigados. Afetuosos, como qualquer sobrinha e qualquer tio, beijaram-se no rosto.

Quando os homens ficaram a sós, Rey comentou:

– Nada mal a garotinha. Disponho de outras iguais ou parecidas, um enxame delas, ao alcance de uma chamada de telefone... Quer saber como descobri esta? Na seção Serviço Doméstico, um anúncio classificado insistia tanto a respeito da boa aparência que acabou atraindo muito a minha atenção. Não são más meninas, mas vinculadas, isso sim, a um bando de marmanjos nada confiáveis.

Despediram-se do proprietário e saíram à rua. Sabe-se lá por quê, Vidal sentiu pena de seu amigo. Queria falar alguma coisa, para não parecer

* *La Negra*, no original: termo usado, de forma terna, para indicar a ascendência ameríndia. (N.T.)

chateado, mas caminharam um bom trecho sem que lhe ocorresse um tema de conversa. Quando passaram em frente à casa em demolição, comentou:

– Que rapidez para destruir.

– Aqui só somos rápidos para destruir – afirmou Rey.

Vidal observou a demolição. Agora estava exposto à intempérie o papel de parede do que sem dúvida tinha sido o dormitório, com um quadrado descolorido onde devia estar pendurado um retrato, e também se descobriam as intimidades do banheiro. Diante da padaria, lembrou o modo como na noite anterior se livrara de Rey e, como basta um antecedente para estabelecer um hábito, disse sem premeditação:

– Estão me esperando. Te deixo.

Afastou-se com passo apressado. Quando se virou, seus olhos encontraram a mesma imagem da noite anterior: o rosto carnudo de Rey de boca aberta.

XI

Como um animal que anseia por sua toca, tinha vontade de voltar para casa, mas se assombrou ao descobrir que estava inquieto e optou por cansar um pouco os nervos antes de se encerrar no quarto para passar a noite. Pensou que, na sua idade, um homem já viveu tantas experiências que um episódio como o do motel não o surpreende muito. Comparou-o, no entanto, a sonhos que não são nem ameaçadores nem angustiantes, mas que se revelam opressivos devido a um indefinível poder das imagens. Sabe-se lá que associação de ideias lhe trouxe, naquele momento, a lembrança de um cachorro que havia na casa de seu pai, quando ele era menino, o pobre Vigilante, que depois de uma longa conduta de abnegação, constância e dignidade, entregou-se, já velho, à indecorosa e inútil perseguição às cadelas do bairro. Provavelmente pela primeira vez na vida ele se ofendeu. A amizade com o cachorro não voltou a ser a mesma e, quando o perderam, conheceu dois novos estados de ânimo: o remorso e o desconsolo.

Achou que uma conversa com Jimi lhe faria bem. Com sua extraordinária sensatez, Jimi o ajudaria a levar tudo na brincadeira, a entender aquela emboscada, tão absurda, que lhe haviam aprontado. É verdade que dificilmente poderia contar a história sem mencionar Rey, ou melhor, sem rir de Rey, mas também era verdade que ele, para cumprir seus misteriosos propósitos, o enganara. De qualquer maneira, desagradava-lhe cometer, de caso pensado, uma deslealdade com um amigo. Lembrou então uma frase que lhe serviria talvez para proteger o pobre Rey: Conta-se o pecado, mas não o pecador. Por quanto tempo seria capaz de esgrimi-la diante de Jimi? Sem se iludir, chegou à Calle Malabia, onde Jimi morava desde que lhe pagaram para que deixasse seu domicílio anterior, na esquina das ruas Juncal e Bulnes. Com a intenção de passar alguns dias, mudara-se para um hotel. O destino quis que ali também o proprietário decidisse erguer um edifício novo e que, para desalojar no ato os ocupantes, os indenizasse. Jimi, o recém-chegado, pediu mais do que todos, foi ficando indefinidamente e agora estava instalado no casarão, que ainda ostentava à direita da porta uma placa preta e brilhante onde se lia em douradas letras cursivas: Hotel Nuevo Lucense. Morava com Jimi uma sobrinha desengonçada, loura e amatronada, Eulalia, sobre a qual corriam conjecturas a respeito de suas funções naquele lar, já que do grosso das tarefas domésticas se encarregava Leticia, a moça que dormia fora: criatura de fisionomia rascunhada, repulsiva sobretudo por causa da pele, que lembrava a de uma múmia.

O Nuevo Lucense tinha sido originalmente uma casa de família, daquelas de princípio do século, com a cozinha e outras dependências no subsolo. A cozinha recebia luz por uma janela semicircular, aberta no nível da calçada. Alguma coisa que se deslocava lá embaixo contra o branco dos mosaicos atraiu sua atenção.

Parou, agachou-se, observou. Pareceu-lhe que um casal bailava pelo subsolo e que em sua dança alternava a tensa rigidez com o deslizamento rápido, o sacolejo com o agarramento. Logo descobriu que a mulher que se debatia abraçada era Leticia. Quem a perseguia era Jimi, irreconhecível em sua extrema tenacidade e urgência. Ambos exibiam um aspecto descomposto, com a roupa e o cabelo desordenados. A visão imobilizou Vidal, curvado diante da janela. Uma voz desconhecida, próxima a ele, despertou-o de seu estupor.

– Igual a um cachorro tarado... O velho imundo merece um castigo.

Endireitou parcialmente o corpo. De cima para baixo lhe falava um jovem delgado, sem dúvida fanático e ameaçador. Instintivamente Vidal saiu em defesa do amigo.

– Não vamos exagerar.

– Essa é a sua opinião? – perguntou o jovem, como se o intimasse.

Vidal conseguiu dizer:

– Eu não faria isso, mas, se ele gosta, é livre.

Mais de uma vez, no trajeto até sua casa, olhou para trás, para se assegurar de que não o seguiam. A estranha sequência de hotéis e namoricos grotescos tinha terminado numa cena ambígua, que o deixara preocupado. Devia se censurar? Por uma curiosidade estúpida tinha posto em evidência um amigo e depois não mostrara firmeza para defendê-lo. Enquanto deplorava essa falta de coragem, na qual não recairia, olhou para trás.

XII

Domingo, 29 de junho

– Está uma manhã muito bonita – afirmou Néstor ao entrar no quarto de Vidal. – Hoje não dá vontade de ficar em casa. Quer ir conosco ao futebol?

– Acho que não, *che*. O frio continua.

– Aqui dentro, você diz. Ainda não saiu de casa?

– Fui ao armazém e à padaria. Estava tão distraído que só ao voltar me dei conta de que a cidade tinha aquele ar estranho dos dias de revolução. Não é a simples calmaria do domingo.

– Com a diferença de que se vê polícia por toda parte. Disseram que não vão permitir incidentes. Ânimo, vamos ao jogo.

– Estive pensando.

– No quê?

– Bobagens. Que estamos velhos. Que não há lugar para os velhos, porque nada está previsto para eles. Para nós. Grande novidade.

– Para começar, você não é velho. Além disso, há lugar para todos. A vida tem atrações…

– Não sei, *che*. Se você aparece na Plaza Las Heras e vê as mulheres jovens… Para isso não há escassez, o mundo é inesgotável, todos os anos produz novas ninhadas.

– Um espetáculo estimulante.

– Você está louco. Tem que dizer a si mesmo que elas não são para você. Quando olha demais para elas, vira um velho repugnante.

Néstor o observou com seus olhos de frango, redondos, inexpressivos, e declarou:

– As mulheres não são tudo.

– Não são mesmo, *che*?

– Eu diria que a vida é uma sucessão de atrações.

– Como um parque japonês – notou Vidal.

– Para cada idade há um encanto.

Ouviu-se um rugido. Apressadamente Vidal replicou:

– Na velhice tudo é triste e ridículo: até o medo de morrer.

– Eu te aconselho a ir ao futebol, para que essas suas ideias mudem.

– Não adianta. Quando chego à Plaza Las Heras e vejo as mulheres que passam…

– Posso te confessar uma coisa? De um tempo para cá, me desinteressei das mulheres.

Ressoou outro rugido muito próximo.

– Não diga! – comentou Vidal.

– É o que você ouviu. Francamente, não me chamam mais a atenção. Em outros tempos, lembro bem, o que eu não fazia para sair quando tinha um programa!

– E agora elas te deixam indiferente?

– Completamente.

– Completamente? – repetiu jocosamente Vidal.

Seu amigo protestou com um sorriso:

– Mais ou menos, *che*. Em compensação descobri o encanto do dinheiro.

Vidal o observou com alguma curiosidade, não isenta de admiração. Embora o conhecesse havia muitos anos, não o julgava capaz de pensar por si próprio. Talvez a teoria de Néstor não estivesse tão errada: neste mundo sempre há surpresas.

– Vou esquentar a água para o mate – disse.

– Por mim, não. Está ficando tarde.

– Não vá embora sem me explicar como descobriu o encanto do dinheiro.

– Inteiramente por acaso… Embora essas coisas cheguem sempre na sua hora. A casualidade é uma miragem. Você conhece o Eladio, o da garagem? Iam lhe aplicar uma multa por falta de higiene nas latrinas. O inspetor era meu amigo, e o salvei. Ele me disse que ia me recompensar pela camaradagem, que eu ganharia muito dinheiro. Resisti, porque eu vivia tranquilo com a Regina e não precisávamos de nada, mas ele me envolveu na compra de um apartamento à prestação.

– Um negócio imobiliário como os do Rey?

– Não sei como são os do Rey. No meu caso, para dar conta das prestações, tive que me privar de gastos extras. E sob esse rótulo entraram as escapadas com as amigas de Regina.

– Com as amigas da sua mulher?

Ressoou outro rugido.

– Te aviso que você tem um leão no quarto ao lado.

– É o coitado do Isidorito dormindo.

– As amigas da esposa são as primeiras que se oferecem à gente. Mistérios da natureza humana: por um lado, perdi a afeição pelas mulheres. A causa? Falta de prática ou, se prefere, falta de renovação. Por outro lado, tomei gosto pelo capitalismo, quis aumentar o conjunto das minhas propriedades.

– Um apartamento não bastava?

– Comecei a pensar no que o Néstor, meu filho, vai receber depois de pago o imposto sobre herança.

– Uma ideia francamente fúnebre – disse Vidal, imitando Jimi.

– Na verdade, natural. Você dirá que outro se dedicaria a viver tranquilo com o fruto de tantas privações. Quanto a mim, mal tinha acabado de pagar as prestações, me lancei na compra de um segundo apartamento. E agora estou nisso, em plena febre. Falando sério: por que não vem conosco ver o River?

– Coitado do seu filho. Nem que fosse pajem de velhos.

– Quando você vai entender que você não é velho? Além do mais, quer saber de uma coisa? O garoto me falou para te convidar.

– A que horas vocês vão?

– Ao meio-dia.

– Está bem. Se ao meio-dia eu não tiver chegado, não me esperem.

– Trate de chegar. Está precisando de uma mudança de paisagem.

XIII

Isidorito continuava dormindo. Menos por fome e mais para dar tempo para que o rapaz despertasse, Vidal preparou um lanche leve para si mesmo: um ovo cozido (disse: "Já, já vou sentir uma dorzinha nas costas. É a última novidade"), torradas, um pouco de queijo Chubut, marmelada, uma tacinha de vinho. Comeu depressa, jogou o poncho nos ombros, consultou o relógio. Se não perdesse um minuto os alcançaria.

Quando a viu no saguão, notou que Nélida não se endomingava, como Antonia e as outras. Arrumada para sair, estava lindíssima. Procurou algumas palavras adequadas para transmitir essa observação, mas o temor de que parecesse um galanteio o levou a falar do tempo, que continuava frio.

– Acho que está, sei lá, mais ameno – opinou Nélida.

– Talvez seja o veranico.

O gerente entrou mancando; saudou a todos afavelmente e participou, ao menos de passagem, da conversa.

– É o que o senhor disse. Este ano São João chegou atrasado – afirmou.

– Vejam como são as coisas – disse Vidal. – Meu esqueleto está gelado.

Como se falasse sozinho, o outro replicou:

– O veranico, bela porcaria, calor úmido, catarro, gripe.

Quando o gerente se afastou, Vidal perguntou:

– O que há com esse aí?

– Por quê?

– É outra pessoa. Um pouco torto e até manco, mas manso.

– O que o senhor queria? Eles o moeram a pauladas.

– Uma vez na vida terão feito justiça. Deram-lhe uma surra?

– Aqui mesmo neste saguão. Não ouviu o barulho?

– Sim, agora me lembro. Numa dessas manhãs.

– Ao meio-dia.

– Ao meio-dia, na quinta-feira. – Achou que Nélida estava bonita demais para que ele continuasse falando do gerente, portanto perguntou: – O que você está fazendo assim tão elegante na porta da rua?

Tinha desejado dizer uma amabilidade, mas sua falta de tato a transformou em uma pergunta impertinente. Nélida respondeu:

– Estou esperando meu namorado.

A frase impôs uma distância entre eles. Vidal sorriu, olhou-a com olhos aflitos, balançou a cabeça, partiu. Refletiu que já seria um grande absurdo que ele, um homem, ficasse perturbado por cortejar uma garotinha, mas que ficasse perturbado por falar com ela de forma inocente, isso não tinha perdão. Tentando se dominar, olhou em volta como se procurasse algo e disse em voz baixa: "Néstor não exagerou. É uma manhã esplêndida". Caminhou desviando-se das latas de lixo que ladeavam a rua em duas longas fileiras paralelas. Se eram amigos de tantos anos, por que havia demorado até hoje para conhecer Néstor melhor? Viveu distraidamente? "Com certeza não podem me chamar de curioso, e dizem que sem curiosidade não há descobertas, mas todos os curiosos e perguntadores que conheci são estúpidos." Néstor se havia revelado um homem capaz de ver a verdade e de comunicá-la com simplicidade. Depois daquela história sobre o encanto do dinheiro, uma espécie de piada de si mesmo, como não gostar dele? Falava-se muito da solidão, mas entre amigos sempre se estava acompanhado.

Junto ao meio-fio, na esquina, avistou uma carrocinha de garrafeiro, com sua carga de garrafas e jornais velhos. Na lateral leu a inscrição: *Cafetão de minas pobres.** Enquanto meditava placidamente que, por obra do engenho coletivo, todo o povo se identifica e se une, ouviu na parede da esquerda, no alto, a uma distância não maior que dois metros, o que identificou de imediato como um estalido. Antes de se recuperar da momentânea perplexidade, viu como o homem da carrocinha, sem provocação de sua parte e com pontaria notavelmente melhorada, atirava-lhe a segunda garrafa. Ao sentir roçar pelo rosto, se não o objeto, o ar deslocado, dirigiu o olhar, em busca

* No lunfardo, a gíria popular portenha, assim como no linguajar malandro brasileiro, "mina" tem o sentido de mulher. (N.T.)

de apoio, aos três ou quatro transeuntes fortuitos – o que começava a atravessar a rua e se deteve, os que conversavam na porta de uma loja de departamentos –, e nesse espaço de tempo brevíssimo divisou em cada um deles a empedernida expressão do caçador que se dispõe a cair sobre a presa. Instintivamente girou sobre si mesmo e se pôs a correr. Surpreso, notou – porque no Sportivo Palermo, em sua juventude, havia se destacado nas corridas de curta distância – que estava se cansando muito e progredindo com desesperadora lentidão. Tudo isso – o ataque, tido como gratuito, o cansaço, símbolo de uma inesperada decadência física, a lentidão das pernas, que o assustou quase tanto quanto o agressor – afetou-o visivelmente. Nélida, que ainda esperava na porta, estendeu-lhe os braços para socorrê-lo e perguntou:

– O que aconteceu, Isidro?

De repente, foi surpreendido por uma dúvida. Seu abatimento tinha relação com o fato que o determinou? Se o explicasse, como evitar que Nélida pensasse e talvez dissesse "Não é para tanto"? Ele se veria na condição de um menino que levou um susto e que agora, como um menino, o valorizava, até descobrirem a verdade. De um tempo para cá, não era o mesmo. Nunca tinha sido brigão, mas tampouco era frouxo. Pela segunda vez na semana, voltava para o quarto auxiliado por aquela moça. Essas coisas não aconteciam antes. Melhor se calar; que outro recurso lhe restava? Se Nélida insistisse em perguntar, até quando poderia se calar? Comparada à expectativa que provocara, a revelação final perderia consistência, e o descrédito seria maior.

Contra todas as suas previsões, Nélida não lhe fez perguntas. Vidal a olhou com gratidão. Compreendeu, no entanto, que aquela falta de curiosidade provavelmente era fruto da certeza de que não havia grande coisa a explicar. Talvez por amor-próprio informou:

– Me atacaram a garrafadas.

Sentada ao seu lado, na beirada da cama, Nélida o abraçava e acariciava. Vidal pensou: Por me achar velho, ela me afaga como se eu fosse um menino.

XIV

Olhava-a de perto. Fixava os olhos em seus lábios, em detalhes da pele, no pescoço, nas mãos que lhe pareciam expressivas e misteriosas. De repente achou que não beijá-la seria uma privação intolerável. Pensou: "Estou louco". Refletiu que, se a beijasse, comprometeria toda a ternura espontânea que ela sentia por ele. Cometeria talvez um erro que a desiludiria, que o mostraria como uma pessoa insensível, incapaz de interpretar corretamente uma efusão de generosidade; como um hipócrita que se finge de bom enquanto ferve de apetites grosseiros; como um idiota que se atreve a expressá-los. Pensou: "Isso não me acontecia antes" (e disse a si mesmo que aquele comentário estava se tornando habitual). "Antes, numa situação assim, eu era um homem diante de uma mulher; agora..." Mas e se ele estivesse se equivocando? E se estivesse perdendo, por uma incorrigível timidez, uma grande oportunidade? Por que não ver as coisas com humildade, não perceber que Nélida e ele...

– Nélida! Nélida! – ressoou uma voz estrondosa no saguão.

A moça corou. Vidal esteve a ponto de sugerir que ela saísse pelo quarto ao lado, mas felizmente não disse nada, pois não demorou a entender que era uma proposição covarde e estúpida, além de ofensiva para uma garota orgulhosa. Nélida arrumava o cabelo, o vestido. Vidal refletiu que, se alguém visse os dois, dificilmente aceitaria sua explicação dos fatos. Seria chamado de embusteiro e, talvez, de tolo. Esse pensamento parecia contradizer os de um momento antes.

Sem olhar para ele, de cabeça erguida, Nélida abriu a porta e foi embora. Vidal tentou ouvir. Depois de um silêncio, a voz do homem, do lado de fora, perguntou:

– Onde você se meteu?

– Não grite comigo – respondeu a moça.

Pôs-se de pé, disposto a sair em defesa dela. Ficou imóvel, escutando, mas só ouviu passos que se afastavam. Quando entendeu que a situação não estava em suas mãos, deixou-se cair na cama. Como um homem resignado às frustrações, afastou as ideias desagradáveis para dormir. Despertou poucos minutos depois, bem-disposto, de ânimo renovado. Rebatendo a inquietude sobre o que poderia acontecer com Nélida, pensou: Os namorados se entendem tão rápido como brigam. Dirigiu-se aos fundos, dessa vez teve sorte, pois não encontrou ninguém. Molhou seu rosto na torneira e bebeu água fresca: um deleite que se dá sem avareza. Depois do episódio do garrafeiro, provavelmente a conduta mais recomendável seria a reclusão no quarto. Não tinha lido numa revista que, pelo fato de não ficarem no quarto, os homens tropeçam com as desgraças? Como também é verdade que a vida não espera os retardatários, decidiu sair, ir, como em qualquer tarde, à Plaza Las Heras para se reunir com os amigos num banco, ao sol.

XV

Ficou alegre ao avistar Jimi. Inconfundível em seu velho sobretudo cinza, com os brilhos dourados de roupa engomada, estava sentado num dos bancos próximos ao monumento. O sol lhe batia em cheio no rosto, rosado e afilado, coberto de pelos brancos. Uma cara de raposa que não faz a barba todos os dias. E como uma raposa, parecia adormecido, mas não se deixava surpreender.

– Agora a gente está mais seguro fora do que dentro de casa – comentou Jimi. – Você também descobriu isso?

O tom era de saudação, ligeiramente desdenhoso. Vidal o olhou com afeto, porque sabia que essas brincadeiras um tanto ofensivas era o jeito de ser de Jimi, uma idiossincrasia, não necessariamente sua opinião sobre o interlocutor. Uma velha amizade é como uma casa grande e confortável, em que a gente vive à vontade.

Talvez por ter deixado maus momentos para trás – o ataque de que foi vítima, o ódio das testemunhas, a disparada a toda a velocidade, a prolongada cena com a moça, favorável no geral, mas arruinada por uma indecisão que sugeria falta de coragem e pelo seu frustrante desfecho –, talvez porque tudo aquilo ficava para trás, e mais ainda por se achar restabelecido, disposto a esquecer os fracassos, a enfrentar o que viesse, sentiu uma irrefreável euforia, que se manifestou em loquacidade. Como quem entoa um hino antes do combate, disse consigo mesmo alguns versos, esquecidos desde a infância, que seu pai costumava recitar:

Qué me importan los desaires
*con que me trata la suerte.**

E despreocupadamente perguntou:

– Então você não sabe o que me aconteceu ontem?

Relatou o episódio do motel. Jimi se mostrou encantado. Mal contendo o riso abafado e convulsivo que lhe molhava de lágrimas a cara avermelhada e descomposta, declarou:

– Olha como são infames os velhos. O pobre Rey não se contenta em fazer imundícies. Quer que o espiem.

– Mas a verdade é que ele não fez imundícies.

– Aí é que está – exclamou Jimi, divertido. – Quer se humilhar em público.

– Como se pode querer uma coisa assim?

– Você não sabe como é imunda a fraqueza de um velho.

Vidal imaginou Faber à espreita das moças, escondido junto às latrinas, imaginou Rey beijocando as mãos de Tuna, Jimi tarado como um cachorro.

– São grotescos, mas não têm graça – comentou. – Antes de tudo, ofendem.

– Eu não me ofendo. As pessoas ficaram delicadas demais. Acho que todo velho se transforma numa caricatura. É de morrer de rir.

– Ou de tristeza.

– Tristeza? Por quê? Não será o medinho de entrar, você também, no desfile?

– Quem sabe você tenha razão.

– No grande desfile de máscaras.

Vidal concordou:

– Cada um vai vestindo aos poucos sua fantasia.

– Que no entanto não lhe cai muito bem – prosseguiu Jimi, visivelmente estimulado pela colaboração do amigo. – Parece uma fantasia alugada. Sobra tecido. Um espetáculo cômico.

– Horrível, *che*. Tudo é humilhação. A gente se resigna a ser deficiente, como os sem-vergonha.

* Em tradução literal: "Que me importam os descasos/ com que me trata a sorte". Versos escritos em 1895 pelo poeta argentino Carlos Guido y Spano (1827-1918). (N.T.)

– A ser um nojo. Uma espécie de molusco, tremendo e babando. Não achei que Rey chegasse a isso. Tão majestoso atrás daquela registradora, e nos escondia desvãos interessantes, o poço negro...

– Também não é para tanto.

– Quer coisa mais triste que isso? Beijocava a moça com a avidez com que se avança sobre o queijo ou o amendoim?

Vidal disse, impulsivamente:

– Ou com a avidez com que você agarra Leticia.

Suas palavras o deixaram consternado. Queria defender Rey, não ferir Jimi.

Não o feriu. Jimi celebrou essa resposta com uma gargalhada claramente alegre.

– Ah, você me viu da calçada? Bem que achei que fosse você, mas não deu tempo de prestar atenção. Não ia permitir que a tonta me escapasse de novo. Sou da teoria de que não se devem perder as oportunidades, e você?

– Há oportunidades e oportunidades.

– Depois você se ocupa da dúvida.

– Com sua amiguinha, não creio, *che*.

– O que tem a minha amiguinha, como você diz? Todas as mulheres no fundo são iguais e uma como essa não traz, como se diz, o menor inconveniente.

– Bom, *che*, com sua licença, ela não é muito bonita.

– Na hora penso em outra. O fundamental é que alguma te agrade. Se por mais que revolva na cabeça você não encontra uma sequer que te agrade, então é caso de se preocupar de verdade, porque aí você está velho mesmo.

Sempre acontecia a mesma coisa. A gente o julgava vencido e, antes de reagir, já estava escutando seus conselhos de professor. Jimi era imbatível.

– Sem a ajuda de cães, ninguém te pega.

Disse a frase com afetuosa admiração. Parecia-lhe que, entre tanta gente disposta a ceder, Jimi era um pilar do mundo. Pelo menos do mundo dele e dos amigos.

Como o sol já não aquecia, começaram a volta para casa. De repente Jimi se pôs a observar um táxi que avançava lentamente pela Calle Canning.

– Vai tomá-lo?

O carro se deteve na metade da quadra.

– Que nada. Estou observando, só isso, observando. Essa não é uma época para gente adormecida. Aposto que você não reparou que ao lado do chofer há um vigilante.*

Atravessaram a rua e se aproximaram do automóvel. No interior do veículo, uma velha estava chorando. Vidal perguntou:

– Que terá acontecido?

– Melhor não se meter.

– Que tristeza essa mulher.

– E que feiura. Eu não estou olhando, não se envolva. Pode trazer má sorte.

– Vou indo – disse Vidal.

Jimi o avisou:

– Esta noite vamos jogar na casa do Rey.

"Jimi tinha razão", pensou Vidal. "Eu não devia olhar para aquela velha. Afinal, já sabia que a vida acaba em desconsolo."

* No lunfardo, *vigilante*, que normalmente tem o sentido de guarda ou agente de polícia, também significa alcaguete, delator. (N.T.)

XVI

Pouco antes de chegar à Calle Salguero, encontrou-se com o filho.

– Olha que sorte – comentou.

– Não sei se tanta. Estou vendo que você não está se dando conta do clima.

Vidal refletiu que a barreira entre as gerações era intransponível. Depois ponderou: "Não existe tal barreira". A culpa de tudo era da doutora psicóloga, da senhorita que atuava como confessora e oráculo do rapaz; ou então de Farrell e seus Jovens Turcos. O certo é que já se resignara a não entender o palavreado confuso que escutava toda hora. Mudando de assunto, perguntou:

– Como foi o jogo?

– Nem me fale. A atitude da equipe, frouxa. Crosta me dizia: A disciplina é um mito. Os rapazes hoje em dia seguem a lei econômica: grana e mais grana. A semana inteira, dá-lhes bebida e mulheres; na véspera, preocupados, vão para a academia, se arrebentam com tudo e na hora da partida jogam como sonâmbulos. Depois perguntam por que nosso grande futebol nacional não é hoje nem sombra do que foi.

– Mas e a história de que os velhos não prestavam para nada?

– Absolutamente para nada. O que vocês sabiam de trabalho em equipe e planificação? Não vai querer comparar o futebol egoísta, de puro individualismo e firulas, com a planificação científica do jogo até os últimos detalhes, hoje obrigatória.

– Houve confusões?

– Um ou outro fato isolado na arquibancada, de pouca importância, mas no geral reinaram a civilidade e a ordem, a ponto de a gente se entediar.

– Olha, *che*, todos os dias esqueço. O Botafogo me pediu que te sondasse.

– Que me sondasse?

– Por causa da dentadura. Quer saber se há alguma esperança de que a devolvam.

– Você pretende que eu me exponha por ele? As pessoas perderam a cabeça. Estou numa situação complicada e meu próprio pai quer me pressionar...

– Por que a sua situação é tão delicada?

– Essa pergunta é a melhor que já ouvi. Eu não ia dizer nada para não te preocupar, mas sabe o que me contaram?

– Não.

– O caminhoneiro e o seu grupo ficaram sabendo, não sei como, que eu te escondi no sótão. Parece que estão furiosos.

Vidal não insistiu para não aborrecer o filho e, sobretudo, para não provocar uma daquelas explicações dogmáticas, tão prejudiciais à harmonia entre eles. Caminhavam em direção à Calle Paunero. Lembrou-se da frase de uma vizinha quando Isidorito ainda estava no berço: "Hei de vê-los um dia, os dois passeando juntos, cheios de orgulho".

– Não quero te incomodar, mas você sabe como o Botafogo pode ser desagradável e até prepotente.

– Ele que não se ache muito esperto.

– Ele não está sozinho. Conta com o sobrinho, pronto a defendê-lo.

A cara de Isidorito ficou da cor de um chá em que se despeja muito leite. Os grossos lábios esticados para baixo lhe conferiam uma expressão de abjeta ansiedade.

– Olha, *che* – disse –, você tem que entender o quanto antes. Afinal, de uma vez por todas, quem é a mais provável vítima de todos esses grupos de pressão? Em vez de me trazer novas dificuldades, para o seu próprio bem seja diplomático com todos e me deixe tranquilo. A posição de um homem como eu, nesta hora, não é nada invejável.

– Está bem, mas se os Bogliolo, tio e sobrinho, vêm pra cima de nós...

– Olha, todo mundo está de mãos amarradas. Eles também. Antonia, a Baixinha, que era uma ativista feroz, agora se dá por satisfeita se não chamar a atenção. O sobrinho de Bogliolo, nem que seja pela Baixinha, vai se conter.

– O que aconteceu com a Antonia?

– Mas, *che*, em que mundo você vive? Nem sequer está sabendo que a dona Dalmacia está com uma arteriosclerose galopante?

– Coitada.

– Coitadas das sobrinhazinhas, você quer dizer. A doença, que trabalha de fora para dentro, paralisou não sei que centro nervoso, de modo que a mulher, sem mais nenhuma inibição, se transformou completamente num homem. Se não tivessem retirado as sobrinhas de lá, faria mingau delas. Um escândalo.

– Isso não é modo de falar de uma senhora que poderia ser sua avó.

– Para começar, quem disse que eu quero uma avó? Depois, aquela senhora se transformou num animal que está pedindo para ser exterminado. O que mais você quer? Enquanto estão defendendo suas posições, o mais provável é que te deixem tranquilo.

Quando virou para a Paunero, Vidal sentiu de repente a íntima convicção de que estava só. Dirigiu o olhar para onde Isidorito deveria estar; não havia ninguém ali. Voltou para a esquina. Isidorito se afastava em direção a Bulnes.

– Você não vem para casa? – gritou Vidal.

– Sim, já vou, velho. Vou fazer uma coisa e volto logo – respondeu o rapaz em tom queixoso.

Vidal meditou que, certamente, chega um momento na vida em que, faça a pessoa o que fizer, ela só aborrece. Então, só resta uma maneira de recuperar o prestígio: morrer. Ambiguamente acrescentou: Por tão pouco tempo não vale a pena.

Tinha chegado em casa. O temor de que Bogliolo, recostado na porta, pudesse tê-lo surpreendido em seu monólogo, levou-o a cumprimentá-lo excessivamente:

– O que me conta, senhor Bogliolo? Como vão as coisas?

O outro não respondeu logo. Depois de um tempo disse:

– Não estranhe se não retribuo o cumprimento. Um homem que não atende a um pedido de favor meu, para mim está morto. E digo mais: concedo-lhe a importância que se dá ao lixo.

Vidal olhou-o de baixo para cima, encolheu os ombros, caminhou para o quarto. Depois de fechar a porta, prometeu a si mesmo que, se alguma vez chegasse a ser um gigante, moeria Bogliolo a pauladas. Fazia frio no quarto. Pensou: "Que estranho. Eu falava com Isidorito sobre o sujeito e minutos depois o encontro". Pensou que esses presságios, decerto simples coincidências, nos fazem lembrar que a vida, tão limitada e concreta para quem procura indícios do além, sempre pode nos envolver em pesadelos desagradavelmente sobrenaturais. Pôs a água para ferver. Devia se lembrar de falar com Arévalo sobre o tema dos presságios. Na juventude, ao longo de intermináveis caminhadas noturnas, tinham mantido seus famosos debates filosóficos; depois, parece que a vida os havia cansado. Pegou a chaleira e o mate, acomodou-se na cadeira de balanço e *mateou*, balançando-se de vez em quando. Fechou os olhos. Na rua ressoou uma buzina como a dos carros de antigamente. Quando ouviu ao longe o bonde que se agitava depois da curva para tomar impulso e, com um gemido metálico, avançava acelerando, entendeu que estava sonhando. Já que não se lembrava de nada do que acontecera depois, tinha alguma esperança de que fosse o amanhecer, de estar em sua casa da Calle Paraguay, com seus pais dormindo no quarto ao lado. Ouviu um latido. Achou que era o Vigilante, o cachorro, amarrado junto à glicínia do quintal. Imaginou, ou sonhou, uma conversa em que contava esse sonho a Isidorito, que o achava engraçado pela presença de bondes antigos e de carros cujas buzinas emitiam sons ridículos. Se olhasse para trás, era difícil distinguir o que havia pensado do que havia sonhado. Pela primeira vez julgou entender por que diziam que a vida é sonho: se alguém vive bastante, os fatos de sua vida, como os de um sonho, tornam-se incomunicáveis, porque não interessam a ninguém. As mesmas pessoas, depois de mortas, passam a ser personagens de um sonho para quem sobrevive a elas; apagam-se em nós, são esquecidas, como sonhos convincentes que ninguém quer ouvir. Há pais que têm em seus filhos uma plateia generosa, de modo que na crédula imaginação de algum menino os mortos recuperam um último eco de vida, que muito depressa se apaga como se nunca tivesse existido. Vidal concluiu que tinha sorte de ainda contar com seus amigos Néstor, Jimi, Arévalo, Rey, Dante. Na verdade, devia estar sonhando, porque se sobressaltou quando bateram na porta. O quarto se achava em trevas. Vidal passou a mão pelo cabelo, arrumou a gravata, abriu. Entreviu vagamente dois homens.

XVII

Depois de um instante de perplexidade, identificou Eladio, o dono da garagem. O outro, que se mantinha um tanto recuado, era um desconhecido. Como se uma velha tradição de hospitalidade o impulsionasse, Vidal perguntou:

– Em que posso ajudá-los, senhores? Entrem, por favor. Entrem.

Eladio era um homem maduro, mais para o baixo, de rosto barbeado, nariz meio torto, lábios que expressavam desagrado. Pronunciava o "s" como se fosse "sh", de uma maneira que sugeria o acúmulo de bolhinhas de saliva entre os dentes. Respondeu:

– Não, obrigado. Temos que voltar para junto dos amigos.

– Não fiquem na porta. Entrem, por favor – insistiu Vidal.

Os visitantes não entraram e ele não se lembrou de acender a luz. Notou na atitude de Eladio certa desconfiança que o irritava. Perguntou-se o que fazia ali o outro, o desconhecido, quem era e por que não era apresentado. O sujeito se mantinha na penumbra do pátio. "Eu o conheço ou o vi recentemente em algum lugar", pensou Vidal. Não havia dúvida de que Eladio estava nervoso. Vidal refletiu que, se vinham incomodá-lo, pelo menos deviam lhe explicar o quanto antes o motivo; tinham-no despertado do sonho e das lembranças e agora se comportavam de forma incompreensível. Ia lhes dizer de novo que entrassem, quando viu que Eladio sorria timidamente. Tão inesperado foi esse sorriso, que Vidal não falou nada. Também lhe pareceram inesperadas, por virem imediatamente após o sorriso, as palavras que ouviu:

– Aconteceu uma coisa desagradável. Não sei como lhe dizer – Eladio sorriu com humildade e repetiu: – Não sei como dizer. Por isso vim com este jovem, uma muleta, como vocês dizem, porque não sirvo para isso e não quis vir sozinho. Estou tão confuso que nem sequer lhe apresentei o Paco. O senhor o conhece? Paco, o funcionário do motel. Não quero nem pensar como o pobre Vilaseco vai se virar sem ninguém para ajudá-lo, sem ninguém para atender sua clientela. Parece que já o estou vendo correr de uma cama a outra...

– Olha, mesmo que seja desagradável, me conte o que aconteceu.

– Mataram o Néstor.

– Não pode ser.

– É isso mesmo que o senhor ouviu. Na arquibancada. Parece inacreditável.

– Onde será o velório? – perguntou Vidal e se lembrou das zombarias de Jimi quando dias antes fez a mesma pergunta.

– Não sei onde ele será velado, mas os amigos estão na casa dele, junto com a esposa.

– E o filho?

– Ah, isso não sei dizer. Deve estar às voltas com os trâmites infernais, porque foi uma morte violenta. Quero lhe dizer, *don* Isidro, que sinto muito. Sei que vocês eram grandes amigos. Eu gostava muito do Néstor. Agora vamos embora.

– Vou junto. Vocês me esperam? Apanho o poncho e saímos. Não sei, parece que o frio voltou.

Quando fechava a porta à chave, ouviu risadas do lado do saguão. Lá estavam Nélida, Antonia e Bogliolo, que repentinamente se calaram. Diante deles, inclinou apenas a cabeça e pensou que as moças, e até Bogliolo, certamente compreendiam e respeitavam sua dor. Esse provável respeito lhe infundia um sentimento parecido com orgulho. Na rua lhe passou pela cabeça uma questão perturbadora: O que Nélida estava fazendo com Bogliolo? Refletiu que seu amigo estava morto e que ele já começava a esquecê-lo. Na realidade, era uma censura injusta, porque naquele momento a morte de Néstor, como uma febre, o despedaçava, alterava as coisas de tal maneira que as amareladas casas laterais o oprimiam como o paredão de um presídio. Avistou ao longe três ou quatro fogueiras sucessivas, que aprofundavam, com seu clarão vermelho, atravessado de sombras, a perspectiva da rua. Essa visão também o afligiu.

Como explicação, Eladio disse:

– São Pedro e São Paulo. Crianças e adultos saltam as fogueiras.

– Que disposição – respondeu Vidal. – Parecem demônios.

XVIII

Os amigos, reunidos na sala de jantar da casa de Néstor, ao redor de uma estufa a querosene, conversavam animadamente e fumavam. Sobre a estufa havia uma caçarola com água e folhas de eucalipto. O relógio da parede continuava parado nas doze horas. Jimi lia em voz alta um jornal. Todos se calaram para receber os que chegavam. Alguém sacudiu a cabeça e Rey perguntou melancolicamente:

– O que me diz?

Vidal notou que Arévalo estava de terno novo. Refletiu: "Sem caspa. Limpinho. Vou comentar isso com Jimi. É um mistério". Lembrou-se de Néstor e perguntou:

– Como foi?

– Ainda não dispomos de elementos para julgar – respondeu Rey com gravidade.

– Aquele charlatão do filho dele não devia ter se oferecido para levá-lo – afirmou Jimi.

– Do que vocês estão falando? – perguntou Dante.

– Vocês são testemunhas de que fiz o possível para dissuadi-lo – declarou Rey. – Até o chamei de suicida.

Arévalo observou:

– O coitado achava que, indo com o filho, não iria lhe acontecer nada.

– Eu o chamei de suicida – repetiu Rey.

– Pobre rapaz – comentou Vidal. – Que peso na consciência!

– Não creio que vá perder o sono – opinou Jimi.

– De quem vocês estão falando? – perguntou Dante.

Rey respondeu:

– Eu o chamei de suicida.

Entrou um senhor calvo, plácido, volumoso, de mãos enormes, brilhantes e aparentemente secas, voz frágil, suave. Explicaram que era um parente de Néstor ou de dona Regina. Quando mencionaram a mulher, Vidal perguntou:

– Onde ela está?

Rey respondeu majestosamente:

– Em seus aposentos.

– Posso cumprimentá-la? – perguntou Vidal.

– A vizinha está lhe fazendo companhia – disse Dante.

Vidal insistiu:

– Posso cumprimentá-la?

– Deixa a mulher – aconselhou Jimi com impaciência. – Afinal, você nunca a viu.

– O que você estava lendo? – perguntou Vidal.

Chegaram os rapazes. Um, em pleno desenvolvimento, magro, com o rosto coberto de espinhas. O outro, de pouca estatura, cabeça muito redonda e olhos protuberantes que pareciam olhar de baixo para cima, com uma curiosidade que mal disfarçava. Os rapazes saudaram de longe, com movimentos nervosos de cabeça, e foram se sentar na outra extremidade da sala. "No mais extremo frio", pensou Vidal. "Por sorte, nós, velhos, nos apossamos do aquecedor. O cheiro combinado de eucalipto e querosene é o cheiro do resfriado." Lembrou-se de Néstor.

– Está vendo? – Jimi indicou os jovens. – Não gosto desses tipos.

– O que você estava lendo?

– O artigo sobre *A guerra ao porco* na *Última Hora.*

– A guerra ao porco? – repetiu Vidal.

– Eu pergunto – disse Arévalo –, por que *ao porco*?

– Esse *ao* me parece incorreto – opinou Rey.

– Não, homem – protestou Arévalo. – Pergunto por que põem *porco.* Essa gente não é sensata em nada, nem sequer no uso das palavras. Sempre dissemos *cachaço.*

– Basta o capricho de um jornalista, e todo o país vai falar da guerra *ao* porco – comentou Rey.

– Não acredite nisso – observou Dante. – O *Crítica* a chama de *Caça às corujas.*

– A coruja me parece melhor. É o símbolo da filosofia – declarou Arévalo.

– Mas admitam – disse Jimi, apontando Arévalo e Rey – que vocês preferem ser chamados de *cachaços*.

Riram. Apareceu a vizinha, com uma bandeja e xicrinhas de café. Repreendeu-os:

– Compostura, senhores. Esquecem que há um defunto na casa?

– Já o trouxeram? – perguntou Vidal.

– Ainda não, mas dá no mesmo – respondeu a mulher. – O café está bom?

– Que barbaridade – disse Dante. – Já o trouxeram e nós aqui como se nada...

Enquanto mexia o café, Vidal perguntou a Jimi:

– Bom, mas por que corujas ou porcos?

– Vai saber.

– De onde tiraram essa ideia? Dizem que os velhos – explicou Arévalo – são egoístas, materialistas, vorazes, roncadores. Uns verdadeiros porcos.

– E eles têm muita razão – comentou Jimi.

Dante o alertou:

– Vamos ver o que você vai achar quando te agarrarem.

– Deixa disso – respondeu Jimi. – Eu não sou velho. Todos me garantem que estou na flor da idade.

– Também me dizem isso – assegurou Rey.

– Já estou cansado de ouvir isso – disse Dante.

– Não é a mesma coisa – protestou Jimi, irritado.

– Não é à toa que os esquimós ou os lapões levam seus velhos ao campo para que morram de frio – disse Arévalo. – Só com argumentos sentimentais se pode defender os velhos: o que eles fizeram por nós, eles também têm um coração e sofrem, etc..

Jimi, que se divertia de novo, observou:

– Menos mau que os jovens não saibam disso, senão pobres de nós. Acho que nem sequer os ativistas dos comitês da juventude...

– O grave – disse o senhor das mãos enormes – é que eles não precisam de boas razões. Com as que têm, já se arranjam.

Entrou um homem magro e pequeno, de cara pontuda como cabo de bengala. Perguntou:

– Os senhores sabem como foi?

– Dou-lhes a minha opinião – anunciou Arévalo. – Por trás desta guerra contra os velhos não há senão argumentos sentimentais a favor da juventude.

– Os senhores sabem como foi? – repetiu o recém-chegado. – Parece que o jogaram ao chão e o pisotearam subindo e descendo a arquibancada.

– Pobre Néstor, pisoteado por esses animais – disse Vidal.

Do outro extremo da sala, o rapaz alto anunciou:

– Estão chegando.

– Pois eu vou cuidar dos meus negócios – declarou Eladio. – Para o pobre Néstor, já não importa que estejamos aqui ou não.

Rey avisou aos amigos:

– Vocês me devem uns *pesos*. Encomendei uma coroa em nome de todos.

– Ou é de ouro maciço, ou te roubaram – garantiu Dante ao pagar.

– Eu não te falei, Isidro – disse Jimi, piscando um olho –, que as coroas estão caras?

XIX

Depois de tantos anos de amizade, pela primeira vez entrava no quarto de Néstor. Olhou vagamente os retratos de pessoas desconhecidas e pensou: "A intimidade que deixamos de lado não impediu que fôssemos amigos". Essa observação o incitou a refletir sentenciosamente: "Hoje todo mundo é íntimo; amigo, ninguém". Uma mulher comentou:

– O pobrezinho está desfigurado.

Quando ficou sabendo da morte de Néstor, ele não se comoveu tanto quanto ao ouvir esse diminutivo. "Choro como um menino", pensou. "Ou como um vagabundo. Que vergonha."

Fechou os olhos. Não queria que a última lembrança do amigo fosse sua cara de morto. Preparava-se para cumprimentar dona Regina, mas a encontrou tão aniquilada e tão velha que retirou a mão. Voltou à sala de jantar.

– Te informo – disse Arévalo – que aquele cara magro estava na arquibancada.

Vidal se aproximou do rapaz das espinhas.

– Você viu como o mataram?

– Ver, propriamente, não vi. Mas tenho a versão de mais de uma testemunha ocular.

Vidal o examinou com pesar e perguntou:

– É verdade que o pisotearam?

– Como iam pisoteá-lo, se estava no alto da arquibancada... Sabe como foi? O jogo não começava, as pessoas estavam se irritando e alguém propôs: Vamos jogar um velho? O segundo velho que jogaram foi o senhor Néstor.

– O filho o defendeu?

– Se bem entendi – disse o das mãos enormes –, há quem diga que não o defendeu. Estou certo?

O mocinho assentiu:

– Correto. – Depois acrescentou com frieza: – Quem não tem um velho na família? Isso não compromete ninguém. Mas há os que defendem seus velhos.

Vidal notou que Jimi lhe tocava o cotovelo. O homem da cara pontuda perguntou:

– Tem certeza de que não o pisotearam?

– Para que iam pisoteá-lo – disse o rapaz – se caiu como um sapo?

– Jimi, vamos para outro lugar – propôs Vidal. – Vamos conversar com Rey. Que acha dessa garotada?

– Eu lhe dou de presente.

Vidal levou as palmas das mãos para perto do aquecedor.

– Um indivíduo que sente as coisas assim, por que vem ao velório? – perguntou.

– Está falando do rapazola? – perguntou Rey. – Ele e seu companheiro, que mais parece um baiacu, estão aqui porque são a quinta-coluna.*

Como se de repente tivesse despertado e ouvido, Dante vaticinou:

– Os fatos se encarregarão de confirmar minha teoria. Façam de conta que estamos na ratoeira. Ao primeiro sinal desses tipos, os cúmplices, posicionados na rua, entram.

– Mais uma xicrinha? – ofereceu a vizinha.

– Onde está o filho do Néstor? – perguntou Vidal.

A mulher respondeu:

– Os caguetas costumam se esconder.

Jimi comentou com ironia:

– Você não vai poder lhe dar os pêsames.

– Dizem que agora – declarou Rey – a pessoa está mais segura fora de casa.

* Grupos que agiam dentro de seu próprio país, trabalhando em segredo contra revoluções de caráter liberal. O termo foi criado pelo general Franco, durante a Guerra Civil Espanhola (1936-1939), para designar os que apoiavam as quatro colunas nacionalistas que marchavam contra Madri, ocupada pelos republicanos. (N.T.)

– Sim, porque em casa é preciso fazer de conta que a gente está na ratoeira – reiterou Dante.

Rey explicou:

– Para manter as aparências, o governo já não tolera o menor desmando em lugares públicos.

– Será que o pobre Néstor teria a mesma opinião? – retrucou Jimi.

– Um fato isolado – alegou Rey.

Uma vez mais Dante comparou as casas com ratoeiras. O senhor das mãos enormes, o da cara pontuda e Arévalo se juntaram ao grupo. Vidal observou que os dois rapazes estavam de novo sozinhos. O senhor das mãos grandes afirmou:

– Por fim o governo resolveu intervir no assunto. Nota-se uma atitude mais firme. As declarações do ministro me confortam. Não sei, têm grandeza, dignidade.

– Muita dignidade – concordou Arévalo –, mas estão mortos de medo.

– A verdade é que não invejo o governo – reconheceu o das mãos enormes. – Pense bem: é uma situação muito delicada. Se você não atrai a oficialidade jovem e os recrutas, caímos na anarquia. Um fato isolado, de vez em quando, é o preço que devemos pagar.

– O que é que deu nesses aí? Todos falam de fatos isolados – perguntou Arévalo.

Jimi explicou:

– Ontem à noite escutaram o comunicado do ministério. Dizia que a situação estava perfeitamente controlada, salvo fatos isolados.

– O que vocês querem? Agora percebo um tom mais digno, confortador – insistiu o das mãos.

Chegaram da floricultura com a coroa. Dante perguntou:

– O que diz na faixa?

– *Os rapazes* – respondeu Rey. – Para mim, tudo está dito nessas duas palavras.

– Não vão pensar que foram os jovens que mandaram? – inquiriu Jimi.

– Só faltava essa – replicou Rey. – Agora não sermos mais os rapazes.

O da cara pontuda explicava:

– Alguns velhos não se cuidam nem um pouco. Eu quase diria que eles provocam.

– Quem provoca são os agentes provocadores, pagos pelos Jovens Turcos – garantiu Dante.

– O senhor acha? – perguntou o da cara pontuda. – Será que pagaram ao velho que mexeu com as colegiais em Caballito?

O das mãos enormes afirmou:

– Vamos admitir que uma onda de criminalidade senil vem se alastrando ultimamente. Todo dia lemos notícias a respeito.

Dante protestou:

– Mentiras para agitar o ambiente.

– É preciso prestar atenção no que as pessoas dizem – Jimi sussurrou a Vidal. – Você conhece o das mãos grandes? Eu não, nem esse nem o outro. Decerto são dois velhos vendidos que estão na conspiração dos mocinhos. Vamos nos afastar, venha.

– Quando penso que eu podia ter ido com o Néstor ao estádio – comentou Vidal.

– Veja do que você escapou – disse Jimi.

– Talvez juntos nos defendêssemos, e a esta hora o Néstor estivesse vivo.

– Certamente teríamos um velório em dose dupla.

– Eu não sabia que você se interessava por futebol – disse Arévalo.

– Não é que eu me interesse – declarou Vidal, sentindo-se importante –, mas como o filho do Néstor mandou me convidar...

– Mandou te convidar? – perguntou Arévalo.

– Ui – exclamou Jimi.

– Que foi? – perguntou Vidal.

– Nada – assegurou Jimi.

– Estão achando que eles já me rotularam de velho?

– Que disparate – replicou Arévalo.

– Eu diria que não – concordou Vidal –, mas com os jovens de agora não se pode estar seguro. Se eles chamam de ancião um tipo de sessenta anos...

– Pior são essas garotas – lembrou Jimi, divertindo-se com o assunto – que te falam do namorado e dizem: Ele é maduro, fez trinta anos.

– Falando sério. Respondam-me: Acham que já estou marcado?

Arévalo perguntou:

– Como pode pensar isso?

– Mas, se eu fosse você, andaria com pés de chumbo – aconselhou Jimi.

– É claro – admitiu Arévalo. – Por prudência.

Vidal o encarou com incredulidade.

– O melhor é que não te agarrem desprevenido – argumentou Jimi.

– Puxa – murmurou Vidal. – Minha cabeça está doendo. Ninguém tem uma aspirina?

Rey disse, pondo-se em pé:

– Deve ter no quarto do Néstor.

– Não, homem – Jimi o conteve. – Pode trazer má sorte. Repararam nesses rapazes? De tempos em tempos olham para fora.

– Parecem nervosos – observou Dante.

– Entediados, só isso – afirmou Arévalo.

Vidal pensou: "*Eu* estou nervoso". Sua cabeça doía, o cheiro de querosene misturado com eucalipto o enfraquecia. "Não tenho pés de chumbo, mas de gelo", disse consigo. Para salvá-lo da má sorte, Jimi o privava da aspirina do finado. Claro, a cabeça de Jimi não doía. Desejou ansiosamente estar lá fora sozinho, respirar o ar da noite, caminhar umas quadras. "Contanto que não me perguntem aonde vou. Contanto que não me acompanhem." O homem das mãos grandes e o da cara pontuda (haviam lhe dito que um deles se chamava Cuenca) novamente se aproximaram do grupo. Vidal se levantou... Os amigos o viram partir, sem lhe perguntar nada: sem dúvida encontraram resposta suficiente na presença dos desconhecidos.

A rua havia sumido nas trevas. "Mais escura que agora há pouco", pensou. "Alguém se divertiu quebrando as lâmpadas. Ou preparam uma emboscada." Olhando com receio as fileiras de árvores, avaliou que atrás dos primeiros troncos não havia gente escondida e que à altura do terceiro ou do quarto a noite se tornava impenetrável. Se avançasse, ficaria exposto a uma agressão, que, embora prevista, chegaria repentinamente. Esteve a ponto de voltar para dentro, mas sentiu-se angustiado e faltou-lhe o ânimo. Lembrou-se de Néstor. Lamentou: "Quando a gente vive, deixa-se ir, distraído". Se reagisse, se despertasse daquela distração, pensaria em Néstor, na morte, em pessoas e coisas que desapareceram, em si mesmo, na velhice. Refletiu: "Uma grande tristeza traz liberdade". Avançou indiferente pelo meio da rua, porque de todo modo não queria ser surpreendido. De repente achou que viu, um pouco mais adiante, uma forma vaga, umas linhas cujo negrume era mais intenso que a escuridão da noite. Avaliou: "Um contêiner. Não, deve ser um caminhão". Imediatamente uma luz se acendeu. Vidal não se virou, talvez não tenha fechado os olhos; manteve o rosto impávido, erguido. Cegado por aquela torrente branca, sentiu um júbilo imprevisto, como se a possibilidade de uma morte tão luminosa o exaltasse como uma vitória. Assim ficou por uns instantes, ocupado apenas com a luz branca, incapaz de pensar ou lembrar, imóvel. Depois os focos retrocederam e nos fachos apareceram círculos com troncos de árvores e fachadas de casas. Viu o caminhão se afastar, carregado de gente silenciosa, amontoada sobre parapeitos vermelhos com desenhos brancos. Pensou, com orgulho: "Se eu disparasse como uma lebre, com certeza me atropelariam. Com certeza não esperavam que eu os enfrentasse". O ar da noite somado a uma certa satisfação íntima aliviaram-no a tal ponto que a dor de cabeça já não o agoniava. Pensou precipitadamente em termos militares: "Rechaçado o inimigo, tomo posse do campo de batalha". Um pouco envergonhado, tentou formular a ideia mais modestamente: "Não me acovardei. Foram embora. Estou só". Mesmo que agora voltasse para dentro, já não se mostraria (diante de ninguém, nem sequer de si mesmo) apressado em buscar proteção. Como se tivesse tomado gosto pela coragem, avançou pela rua escura, resolvido a não regressar antes de caminhar três quadras. Achou que toda aquela demonstração era um pouco inútil, já que no momento de voltar inevitavelmente sentiria que se punha a salvo.

XX

Quando viu que Jimi não estava na sala de jantar, supôs que tivesse ido ao banheiro e pensou que, tão logo o outro voltasse de lá, ele próprio iria. Evidentemente tinha estado um pouco nervoso e sentira frio fora da casa. As pessoas continuavam divididas em dois grupos: os mais velhos à esquerda, em volta do aquecedor, e os jovens à direita. Aproximou-se dos jovens. O pequeno passeio o havia, sim, enchido de soberba, pois disse imediatamente, como quem pede explicações:

– O que me aborrece nessa guerra ao porco – irritou-se porque, sem querer, chamou assim a perseguição aos velhos – é o endeusamento da juventude. Estão como loucos porque são jovens. Que estúpidos.

O rapaz baixo, de olhos protuberantes, concordou:

– Uma situação que não tem muito futuro.

Talvez por não esperar que lhe dessem razão tão depressa, Vidal pronunciou palavras imprudentes.

– Contra os velhos – disse – há argumentos válidos.

Temeroso de que o interrogassem – não estava seguro de se lembrar de tais argumentos e não queria dar armas ao inimigo –, tentou continuar falando. O rapaz baixo o interrompeu:

– Já sei, já sei – disse.

– Você deve saber, mas esses rapazinhos revoltosos, verdadeiros delinquentes, o que eles sabem? O próprio Arturo Farrell...

– Um agitador, admito, um charlatão.

– O triste é que não há mais nada por trás do movimento. Absolutamente nada. Só desolação.

– Ah, não, senhor. Nesse ponto o senhor se engana – disse o rapaz.

– Acha mesmo? – perguntou Vidal e, talvez buscando ajuda, olhou para onde estava Arévalo.

– Tenho certeza. Há estudiosos. Por trás de tudo isso há muitos médicos, muitos sociólogos, muitos planejadores. No mais estrito sigilo eu lhe digo: há também gente da Igreja.

Vidal pensou: "Você tem cara de bagre". Em voz alta, disse:

– E todos esses luminares não encontraram argumentos melhores?

– Por favor. A argumentação é ruim, mas está perfeitamente calculada para inflamar a massa. Querem uma ação rápida e contundente. Acredite, as razões que movem o comitê central são outras. Estou lhe dizendo: bem outras.

– Não diga – respondeu Vidal, e de novo olhou em direção a Arévalo.

O rapaz das espinhas acrescentou:

– Com certeza. Por isso liquidaram, vocês se lembram, aquele governador que não mandou apagar do brasão estatal aquilo de *governar é povoar*. Circula por aí uma segunda frasezinha, não menos irresponsável, que agora não lembro.

– Para mim – disse o mais baixo – a culpa direta recai nos médicos. Eles nos encheram de velhos, sem prolongarem nem por um dia a vida humana.

– Não entendi – admitiu o das espinhas.

– Você conhece muitas pessoas de cento e vinte anos? Eu não conheço nenhuma.

– É verdade: se limitaram a encher o mundo de velhos praticamente inúteis.

Vidal se lembrou da mãe de Antonia.

– O velho é a primeira vítima do crescimento populacional – afirmou o rapaz baixo. – A segunda me parece mais importante: o indivíduo. Vocês verão. A individualidade será um luxo proibido para ricos e pobres.

– Tudo isso não é um pouco prematuro? – perguntou Vidal. – Como se quisessem nos curar quando ainda temos saúde.

– O senhor disse bem – respondeu o rapaz das espinhas. – Medicina preventiva.

Vidal argumentou:

– Estamos aqui discutindo teorias enquanto assassinatos são cometidos. O coitado do Néstor, para não ir muito longe.

– Horrível, mas isso sempre aconteceu. Se me dessem poder sobre essas coisas, deixaria os velhos em paz, que eles têm consciência, e organizaria a segunda degola dos inocentes.

– As besteiras que a gente ouviria – assegurou o das espinhas. – Que se destrói o positivo, que a criança é o futuro. Você se dá conta de como as mães iriam chiar?

– Com essas não me preocupo. Sabem muito bem que não devem chamar a atenção.

Pela segunda vez na noite, Vidal refletiu que viver é se distrair. Enquanto atendia a sabe-se lá que misérias pessoais (antes de tudo, a diligente manutenção de seus hábitos: o mate nas horas certas, a sesta, o apressado comparecimento à Plaza Las Heras para aproveitar o sol da tarde, as partidas de truco no café), tinham acontecido grandes mudanças no país. Aquela juventude – o das espinhas e o mais baixo, que parecia inteligente – falava de tais mudanças como de algo conhecido e familiar. Talvez por não ter acompanhado o processo, ele agora não entendia. "Fiquei de fora", pensou. "Já estou velho ou me disponho a sê-lo."

XXI

Sem deixar de ser afável, o rapaz baixo indagou:

– No que está pensando, senhor?

– Que estou velho – respondeu Vidal.

Imediatamente se perguntou se não insistia demais nas imprudências. Acabaria passando por algum aborrecimento.

– Desculpe – protestou o rapaz baixo. – Na minha opinião, o que o senhor disse é um disparate. Velho, não. Eu o situaria na zona que o charlatão do Farrell descreve como terra de ninguém. Não se pode chamá-lo de jovem, mas tampouco de velho, essa é que é a verdade.

Vidal observou:

– O importante é que um desses louquinhos que andam soltos não confunda a gente.

– Eu diria que as confusões são improváveis, ainda que, não nego, sejam possíveis – admitiu o mais baixo, para em seguida explicar: – Pelo calor da hora.

Vidal voltou a desanimar e desejou a ignorância anterior da situação. Seu diálogo com os rapazes lhe pareceu uma desprezível tentativa de adulá-los. Murmurou:

– Com licença.

Para se sentir mais confortável, dirigiu-se a seu grupo de amigos.

Rey afirmava, enfático:

– Logo chegará a hora da verdade para o governo. Quando pagar o que deve.

– Essa hora ainda vai demorar – preveniu Arévalo. – Mesmo que restabeleçam a ordem, não vão nos pagar.

– Onde está o Jimi? – perguntou Vidal.

– Não interrompa – disse Dante, que obviamente não tinha escutado. – Estamos tratando de temas do nosso interesse. A aposentadoria.

– O governo não vai resolver pagá-la – insistiu Arévalo.

– É preciso reconhecer – disse o das mãos grandes – que para autorizar o pagamento é preciso muita coragem. Uma medida impopular, logicamente contestada.

– E o cumprimento das obrigações? Não importa? – indagou Rey.

O da cara pontuda assegurou:

– Um dia desses ouvi falar de um plano compensatório: o oferecimento de terras no Sul a pessoas idosas.

– Digam simples e claramente que vão deportar os velhos em massa – replicou Dante.

– Como bucha de canhão – asseverou Rey.

– Para tamponar possíveis infiltrações de nossos irmãos chilenos – acrescentou Arévalo.

– Onde está o Jimi? – perguntou Vidal.

– Como? – perguntou Arévalo. – Foi te buscar. Vocês não se encontraram?

Vidal perguntou:

– Será que ele não foi ao banheiro?

– Eu o vi sair – contou Rey. – Por aquela porta. Disse que ia te buscar.

– O Jimi é como uma raposa – explicou Dante. – Não aguenta muito essas reuniões e na primeira oportunidade vai para casa, para a cama.

– Ele disse que ia te buscar – repetiu Rey.

– Não o vi – esclareceu Vidal.

Dante insistiu:

– Ele é como uma raposa: foi para casa, para a cama. Não é de hoje que o conhecemos.

– Nós também conhecíamos o coitado do Néstor de toda uma vida – replicou Arévalo. – Vou ver se o Jimi está na casa dele.

– Eu te acompanho – disse Rey.

– Parece que já deram os pêsames – comentou, risonho, o da cara pontuda. – Eu não me incomodaria: ele volta a qualquer momento.

– Eu vou. Ele saiu para me procurar, então vou eu – disse Vidal.

– Bom – concordou Arévalo. – Vamos nós dois.

Arévalo vestiu a capa de chuva e Vidal se enrolou no poncho. Detiveram-se por um instante no umbral da porta, perscrutaram a escuridão, saíram.

– Não que a gente tenha medo – explicou Vidal –, mas uma surpresa seria desagradável.

– Quando a gente fica esperando por ela, é pior. Além do mais, não quero deixar a esses cretinos a iniciativa da minha morte. Confesso que uma doença tampouco me tenta. E, se você se dá um tiro ou se joga pela janela, vai sentir um tranco desagradável. Se você dorme com comprimidos e depois quer despertar, como fica?

– Não continue, senão você ainda vai acabar optando pelos cretinos; mas aqueles dois me diziam que não estamos rotulados de velhos.

– Então não são tão cretinos. Descobriram que nenhum velho se considera velho. E você acreditou neles? Nos fazem ganhar confiança, para não darmos trabalho.

– Você acha muito ruim que eu me exponha?

– Não entendi – respondeu Arévalo.

– Essas árvores, no escuro, são tão convenientes... A verdade é que eu faria um triste papel se me atacassem agora.

Vidal urinava contra uma árvore. Arévalo seguiu o exemplo e comentou:

– É o frio. O frio e a idade. Uma das mais constantes ocupações de nossa vida.

Já mais animados, seguiram caminho.

– Um dos rapazes me explicava... – disse Vidal.

– O das espinhas?

– Não, o mais baixinho, o da cara de bagre.

– Tanto faz.

– Ele me explicava que por trás dessa guerra ao porco há boas razões.

– E você acreditou? – perguntou Arévalo. – As pessoas não matam por boas razões.

– Falaram do crescimento da população e que o número de velhos inúteis está sempre aumentando.

– As pessoas matam por estupidez ou por medo.

– De todo modo, o problema dos velhos inúteis não é fantasia. Lembre-se da mãe de Antonia, a mulher que chamam de Sargentão.

Arévalo não escutava; em tom enfadonho, insistiu:

– Nesta guerra os garotos matam de ódio pelo velho que um dia vão ser. Um ódio bastante assustado…

Como fazia frio, apertaram o passo. Para evitarem as fogueiras – era como se tivessem combinado tacitamente –, contornaram quarteirões e caminharam centenas de metros a mais.

Chegaram a uma zona onde as lâmpadas dos postes não estavam quebradas.

– Com luz – manifestou Vidal – a guerra ao porco parece inacreditável.

Quando iam chegando à casa de Jimi, Arévalo observou:

– Por aqui todo mundo está dormindo.

Em vão procuraram nas janelas alguma fresta iluminada.

– Chamamos? – perguntou Vidal.

– Sim, vamos chamar – disse Arévalo.

Vidal apertou a campainha. Do fundo da casa a campainha ressoou na noite. Esperaram. Depois de alguns instantes, Vidal perguntou:

– O que fazemos?

– Toca outra vez.

Vidal apertou o botão de novo e de novo a estridente campainha ressoou.

– E se o Dante tiver razão e ele já estiver dormindo? – perguntou Vidal.

– Um papelão. Vamos parecer a dupla de alarmistas que somos.

– Claro que se tiver acontecido alguma coisa com ele…

– Não aconteceu nada. Está dormindo. É uma velha raposa.

– Acha mesmo?

– Sim. Vamos embora para não passarmos por alarmistas.

Ao longe uma fogueira ardia. Vidal se lembrou de um quadro que tinha visto quando criança, de Orfeu ou de um diabo envolvido nas chamas do inferno, tocando violino.

– Que estupidez – disse.

– Quê?

– Nada. As fogueiras. Tudo.

XXII

Quando voltaram à casa de Néstor, notaram que os amigos pareciam preocupados. Arévalo sussurrou:

– Aconteceu alguma coisa por aqui.

– É que chegou aquele lá – explicou Vidal, apontando o sobrinho de Bogliolo.

Pensou: "Toda pessoa que chega renova a tristeza. Já comprovei. Os que já estão no velório aceitam a lei das coisas: a vida segue, não há outro remédio senão se distrair; mas os recém-chegados põem o morto em evidência".

Como se despertasse, ouviu com clareza as palavras de Dante:

– Estão dizendo que sequestraram o Jimi.

– Quem está dizendo? – perguntou Arévalo.

– Nos círculos juvenis – afirmou o sobrinho de Bogliolo – corre o rumor.

Rey emitiu uma espécie de bramido surdo, congestionou-se visivelmente, bufou. "Enfurecido, esse homem deve se transformar numa fera, num verdadeiro touro", refletiu Vidal, e em seguida passou a lamentar a indecisão que Arévalo e ele tinham demonstrado. Não deviam ter voltado sem ver se Jimi estava em casa. Comentou:

– Não insistimos o bastantc, *chc*. Só tocamos duas vezes.

– Se tivessem insistido – argumentou Dante – e visto que o Jimi não estava, não teriam conseguido muita coisa além de agitar as mulheres.

– A gente deve saber ao que dar atenção – replicou Vidal.

– O coitado disse que ia te buscar – explicou Rey. – Saiu por essa porta. Não voltamos mais a vê-lo.

Vidal levou o sobrinho de Bogliolo a um canto da sala e lhe disse com firmeza:

– Estou lhe falando confidencialmente. Se é verdade que agarraram o Jimi, trate de saber quem são os sequestradores e, por favor, diga-lhes que o soltem. Se protestarem, diga que se entendam comigo.

– Senhor, como posso contatá-los? – perguntou o sobrinho em tom choroso.

Vidal pensou: "Será que me deixei levar por um impulso? Alguma coisa eu precisava fazer pelo Jimi. No outro dia fiquei como um sonso olhando por aquela janela e o expus. Agora saio para alardear coragem e o sequestram".

Voltou para seus amigos. Imponente em sua irritação, Rey resmungava algo contra o filho de Néstor e o sobrinho de Bogliolo.

– Como? – perguntou Dante com um sorriso. – O que está dizendo?

– A verdade é que ele é suspeito – concordou Arévalo. Os círculos juvenis o informaram rápido demais.

Vidal se lembrou do orgulho que Néstor sentia pelo filho. Depois pensou em Isidorito: perguntou-se se estaria informado dos últimos incidentes e se teria coragem de reprová-los.

Rey sentenciou:

– Nossa passividade é indigna. Se vou morrer, que pelo menos me fique o consolo de ter arrebentado uns três ou quatro. É só dizer àquele ali que está sendo chamado lá dentro e levá-lo ao banheiro.

– E quando ele estiver lá, o que vai acontecer? – perguntou o das mãos enormes.

– Nada, eu só o agarro pelo cangote – respondeu Rey.

– E isso não é uma brutalidade? – perguntou o da cara pontuda.

– É como se houvesse um acordo tácito – observou Arévalo. – Uma metade da sociedade pode desmandar, a outra não. Sempre foi assim.

Rey declarou:

– Não concordo com isso. Como não me falta vontade, tampouco forças, graças a Deus, eu me darei ao luxo de castigar um desses atrevidos rapazolas… mas – exalou um gemido rouco – o espertalhão escapou!

Todos olharam para a porta e viram o sobrinho de Bogliolo se despedindo e partindo. Vidal se perguntou se devia se alegrar. Novamente apareceu a vizinha com a bandeja de café.

– Senhora – Dante a interpelou –, será que poderia nos explicar em que se baseia para afirmar que o delator do Néstor foi seu próprio filho?

– Não diga o que não é verdade – protestou a mulher. – Eu não estou acusando ninguém e não gosto que me acusem.

Arévalo limpou as lentes dos óculos e comentou com voz asmática:

– O medo não é burro. Um desses rapazinhos deve ter dito a ela que se voltasse a falar ele arrebentaria sua alma a patadas.

– Amedrontam, matam – observou Rey –, e nós cruzamos os braços.

Vidal ouviu um zumbido de motor, um chiar de freios.

– Há outra possibilidade – opinou Arévalo. – Que a velha astuta esteja farejando no ar uma mudança para pior.

– Não será, em vez disso, que diante das perguntas diretas a senhora, como dizer, se retraiu? – sugeriu o das mãos enormes. – Acontece nos interrogatórios.

– *Che, che, che* – sussurrou o da cara pontuda. – Não olhem. Continuem conversando como se nada tivesse acontecido.

Vidal olhou: quatro rapazes tinham irrompido na sala de jantar. Não só olhou como sustentou (talvez porque não tivesse entendido de imediato o que estava acontecendo) o olhar de um que parecia ser o chefe. Após alguns instantes de uma muda confrontação, o indivíduo se aproximou do rapaz baixo e do de espinhas; quando os outros o seguiram em tropel, os passos ressoaram estrepitosamente: até então as pessoas naquela casa tinham caminhado na ponta dos pés e falado em sussurros. O relógio de pêndulo se pôs a funcionar. Como se padecesse de afonia, o das mãos enormes comentou:

– Não podem negar o que são.

– O que são? – perguntou Dante com inquietação.

– Uns malcriados que não respeitam a casa do morto – explicou o das mãos.

– Malcriados e impulsivos – afirmou o da cara pontuda, com um fio de voz.

Bastante agitados, os recém-chegados, o baixinho e o das espinhas discutiam. De vez em quando lançavam um olhar para o grupo dos mais velhos ou os apontavam com o dedo, sem olhar. O pêndulo do relógio aumentava a expectativa.

– Daqui até a porta calculo uns quatro ou cinco passos – disse o da cara pontuda.

– Uma vez lá fora estaremos a salvo – afirmou o das mãos enormes.

Rey ameaçou.

– Quietos, ou eu acabo com vocês.

Com a indiferença de um espectador distante, Vidal acompanhava os acontecimentos. "Daqui a pouco o medo me invadirá", pensou, para em seguida se perguntar o que viria antes, o medo ou a agressão.

A agressão não veio. Tão intempestivamente como haviam chegado, os quatro rapazes partiram. Por não quererem confessar a ansiedade que tinham passado, os amigos não se mexeram de onde estavam. Do lado de fora, um carro se pôs em marcha e se afastou. Arévalo foi o primeiro a abordar o outro grupo.

– Queriam nos dar uma prensa? – perguntou.

– Não seria para tanto – disse o rapaz baixo. – Mas a coisa era por aí.

– Ninguém dá a cara para bater. Ele e eu demos – explicou o rapaz das espinhas.

– Pelo senhor Néstor, que foi um pai para nós – reconheceu o mais baixo.

– Fizemos ver que o grupo já pagou a sua cota na pessoa do senhor Néstor – esclareceu o outro.

– Que foi um pai para vocês – comentou Arévalo.

– A verdade – observou agressivamente Vidal – é que neste país ninguém quer derramamento de sangue. Só o azar explica as desgraças, porque todos aproveitam o primeiro pretexto para se retirarem.

– Eu não me queixaria disso – afirmou Arévalo.

– Não acredite nisso, senhor Vidal – disse o mais baixo. – Teimaram que este senhor (apontou Dante) e este outro (apontou Rey) cabiam perfeitamente na categoria de velhos.

– Uma ova! – disse Dante.

– Queriam levá-los – afirmou o mais baixo.

– Para um passeiozinho. Alegamos que o senhor não ostenta um só cabelo branco e que se mantém vigoroso – disse o das espinhas.

– Eu não disse que estávamos numa ratoeira? – comentou Dante. – Queriam me levar? Para quê? Para me dar quatro tiros? As pessoas estão loucas. Descobrir tanto ódio em meus compatriotas, juro a vocês, me entristece.

– Essa é a juventude que devia pensar por si mesma – reforçou Arévalo. – Pensa e age como uma manada.

– Você se engana – declarou Rey. – Como uma vara. Uma vara de porcos.

– Mas os porcos não somos nós? – indagou o das mãos enormes.

– Já não há lugar para indivíduos – sentenciou fleumaticamente Arévalo. – Só há muitos animais, que nascem, se reproduzem e morrem. A consciência é a característica de alguns, como as asas ou os chifres são a de outros.

O medo e talvez a irritação os estimulavam. Dante disse:

– É horrível. Sempre há mais gente, embora não exista mais lugar. Todos brigam uns contra outros. Não estaremos às vésperas de uma grande hecatombe?

– Vocês não sentem que a alma e a ilusão da imortalidade parecem hoje preocupações de aldeia? Passou-se da aldeia à multidão – refletiu Arévalo.

– Para onde quer que se lance o olhar – continuou Dante – se encontra maldade e ordem subvertida. Sem ir tão longe, que me dizem da maneira de se vestir das mulheres? Não é o fim definitivo? Não estaremos às vésperas do fim do mundo?

Vidal tinha acompanhado o diálogo com interesse. De repente se impacientou e foi olhar Néstor: "Era um dever", pensou, e em seguida: "Com os olhos fechados não tem cara de frango. Está muito bem, o pobrezinho". Pouco depois de dizer *pobrezinho* sentiu lágrimas no rosto.

XXIII

Segunda-feira, 30 de junho

Sentado rigidamente, Vidal esfregou os olhos e olhou ao redor. Uma luz fria e esbranquiçada entrava na sala, projetando sombras que destacavam a quietude das coisas. Amanhecia. Ao pêndulo impassível se mesclavam o murmúrio da conversa dos rapazes e os roncos de Rey, que dormia com a boca desdenhosamente aberta. Arévalo fumava ensimesmado e Dante, adormecido, parecia feliz. Por toda parte havia uma ligeira desordem, com cigarros esmagados e cinzas derramadas. Lembranças ocasionais de Néstor, que já assinalavam a presença do esquecimento, acrescentavam remorso ao cansaço. Dessas lembranças Vidal passou a outras, dos últimos dias de seu pai. Lembrava-se dele, tão próximo e já tão fora do alcance, no medo e na dor da morte. Cada qual está em si mesmo e nada pode fazer pelo próximo. Vidal sentiu uma desolada certeza sobre a inutilidade de tudo. O que foi aquele afã de falar – pura vaidade – que lhes havia dado naquela noite? Entre eles, sabiam de antemão o que um e outro iam dizer. Pensou que falar assim no velório de um amigo era uma ofensa repugnante e que agora ele continuava falando. Parecia que tinha sido ontem que levavam uma existência despreocupada; de repente, a própria condição da vida tinha se tornado intolerável. Deu vontade de fugir. Pela segunda ou terceira vez nas últimas horas, quis estar fora dali. Cabiam repetições de todos os acontecimentos daquela noite.

A reflexão, sem que percebesse, deve ter-se convertido em sonho, porque de repente Vidal olhou para a velha que chorava num táxi em frente à Plaza Las Heras, acreditou que, por ter olhado aquela cara desconsolada, Néstor tinha morrido, e, num sobressalto, notou a presença de um indivíduo branco demais, talvez coberto de farinha, que o contemplava afavelmente e lhe oferecia um embrulho. Era um empregado da padaria de Rey, que trazia *croissants* frescos e biscoitos de banha para o café da manhã e que não se atrevia a despertar seu patrão de jeito nenhum. Este acordou com boa disposição, mostrou-se alvoroçado, convidou os amigos a passar para a cozinha, para preparar o café com leite.

– O que está acontecendo hoje? – comentou Dante. – Estamos contentes, não é verdade?

Vidal perguntou:

– E pode-se saber por quê?

– É muito simples, ainda que você não entenda – explicou Dante. – Sonhei que o Excursionistas ganhava um jogo sensacional.

Rey insistiu:

– Vamos para a cozinha, senhores. É preciso preparar o café da manhã.

– Sem dúvida – observou Dante com um sorriso travesso –, depois de tanto tempo, adquirimos direitos de donos da casa.

Vidal refletiu que os sentidos deteriorados formam uma carapaça que recobre os velhos.

Jovialmente, Rey tentou animá-lo:

– Vamos comer, estou dizendo.

Como se tivesse a intenção de segui-los depois, Vidal ficou para trás. Quando se afastaram, dirigiu-se à porta da rua e saiu. Já era dia. Depois de caminhar uma quadra, notou que o poncho, sobre os ombros, o incomodava. Finalmente o veranico de São João havia chegado. Para além dos restos fumegantes de uma fogueira, um jornaleiro deixava seus jornais de porta em porta. Para comprar um, Vidal enfiou a mão no bolso, mas o homem lhe avisou:

– Não, vovô. Para você eu não tenho.

Vidal se perguntou se todos os jornais estavam reservados para clientes ou se eram negados a ele por ser um velho.

Na casa de Jimi as persianas continuavam fechadas. Tocou. Embora dissesse a si mesmo que era absurdo, a verdade é que se sentia incomodado. Tinha que afastar a ideia de que todos na rua – primeiro um leiteiro, depois o guarda e agora a mulher que esfregava o saguão em frente – olhavam para ele com uma mal disfarçada mistura de assombro e hostilidade. Por fim a porta se entreabriu e Leticia, a empregada, aproximou sua minúscula cabeça. Vidal perguntou:

– O Jimi está?

– Não sei. Que horas são? A estas horas ele costuma descansar.

A moça o encarava com olhinhos redondos, muito apertados contra o nariz. Para mostrar que era amigo da casa, Vidal comentou:

– Pensei que você só chegasse mais tarde.

– Desde ontem estou dormindo na casa – respondeu Leticia com evidente satisfação.

– Você ficou sabendo dos tumultos de ontem à noite? Todos os amigos do Jimi se tranquilizariam se ele estivesse em casa. Por favor, não o acorde. Mas, se puder, vá verificar.

A moça ia deixá-lo do lado de fora, mas, como se tivesse pensado melhor, abriu-lhe a entrada. Pela escadinha da esquerda, desceram ao porão onde no dia anterior ele havia surpreendido as correrias que tanto lhe chamaram a atenção.

– O senhor me espera? – disse a moça. – Já venho.

Vidal pensou: "Tomara que ele esteja aí. Não aguento mais desgraças". Pela primeira vez, julgava descobrir um desígnio nos acontecimentos da vida, que o desordenado acaso habitualmente repartia com equidade; claro, este era adverso. Pouco depois Leticia reapareceu. Impaciente demais para esperar a resposta, Vidal olhou-a nos olhos. A moça sorriu. Por fim disse:

– Está só a sobrinha. Não a acordei.

– Então o Jimi não está?

– Se quiser, chamo a sobrinha e o senhor pergunta a ela.

– Não, de jeito nenhum.

A moça sorriu como se entendesse e encarou Vidal fixamente.

– Aceita um mate?

– Não, não, obrigado – respondeu, apressado.

Embora tenha subido lentamente os degraus, teve a impressão de estar correndo. Quando abriu a porta para sair, ouviu, lá embaixo, uma respiração entrecortada, seguida de alguma coisa que ele primeiro interpretou como soluços e depois como riso.

XXIV

Ajustou a gravata, acomodou o poncho nos ombros e caminhou com uma serenidade despreocupada. Pensou: "Como a perverteram rápido. Não, eu deveria dizer de outro modo: ontem corriam atrás dela, hoje ela corre atrás de mim". Lamentou que se ocupasse de tais misérias, quando acabava de receber indícios fidedignos – empregou essas mesmas palavras – de que alguma coisa tinha acontecido com Jimi. Em seguida imaginou a moça oferecendo seu duplo feixe de dedos gordos e esfolados. Alguém, quem sabe Jimi, mais provavelmente Arévalo, teria dito que uma feiura extrema podia ser estimulante para o amor, que precisava de muito pouco para se transformar em loucura. Tentou imaginar a moça como poderia talvez tê-la visto. Sentiu uma grande fraqueza, um desmaio a espreitá-lo. "Que vergonha", murmurou. Lembrou que não comia desde sabe-se lá quando e se dirigiu à padaria. Pensou que devia ter aceitado o mate de Leticia, ainda que talvez não houvesse só mate no oferecimento. Assim que chegasse à sua casa esquentaria a água: quatro ou cinco mates e uns pedaços de pão dariam jeito naquela languidez inoportuna. Sentia-se em falta por não estar no velório. Não havia fregueses na padaria quando entrou: apenas as filhas de Rey. Omitiu o cumprimento (por retraimento, nada mais) e pediu:

– Seis *felipes*, quatro *croissants* e uma *tortita guaranga*.

– O velho ficou no velório? – perguntou uma das filhas.

– Para que matem todos juntos – respondeu outra.

Talvez por estar cansado, se abateu. Achou que lhe faltavam forças e ilusões para suportar a vida. A amizade era indiferente; o amor, baixo e desleal – só o ódio se dava com plenitude. Havia se cuidado e continuaria se cuidando dos ataques dos jovens (a esse respeito não cabiam mais dúvidas), mas ao chegar à

Calle Paunero imaginou, como uma solução que valia a pena não descartar, sua própria mão, munida de um revólver imaginário, apontando para a têmpora. Essa visão, que decerto não era mais que um jogo de sua angústia momentânea, levou-o a protestar contra tudo, e particularmente contra si mesmo, porque primeiro defendia a qualquer preço o que depois queria destruir.

Madelón, que lavava a calçada em frente à oficina do estofador, pediu-lhe com um aceno que a esperasse; guardou o escovão e o balde, fechou a porta, atravessou a rua. Vidal avaliou que, se o que Madelón tinha a lhe dizer tomasse muito tempo, ele desmaiaria. Não podia adiar mais o pão e o mate.

– Preciso falar com você – anunciou a mulher. – É muito importante. Não quero que nos vejam juntos. Posso te acompanhar até seu quarto?

Entraram. Vidal ia deixar o pacote sobre o criado-mudo quando pensou que, se a convidasse, poderia em seguida comer moderadamente um pedaço de pão. Entreabriu o papel e ofereceu:

– Quer?

– Num momento como este? Como você pode pensar nisso? – protestou Madelón, e se pôs a chorar.

– O que foi? – perguntou Vidal com um gemido.

Ela puxou-o pelas mãos (as dela estavam molhadas), apertou-o contra seu corpo. Vidal identificou cheiros de sabão amarelo, de lixívia, de roupa, de cabelo. Ouviu:

– Meu querido!

Reparou no hálito e pensou: "Ainda não tomou o café da manhã". Enquanto ela o abraçava, viu de perto a pele amarelenta e suada, pintas, unhas curtas, recobertas por uma grossa camada de verniz vermelho. Com certo orgulho pensou que Nélida o deixava incapacitado para Madelón. Com o pretexto de lhe falar, afastou-a de si. Perguntou:

– O que aconteceu?

– Preciso dizer algo muito importante – repetiu, enquanto o apertava vigorosamente.

Naquela posição incômoda, quase dolorosa, porque um antebraço duro lhe apertava o pescoço e lhe impunha uma ligeira inclinação oblíqua, perguntou-se por que, naquela manhã, as mulheres o estavam procurando. Ofereciam-se a ele quando estava mais triste, indisposto. Não devia interpretar o fato como uma prova do caráter antagônico das coisas? Outra explicação possível (e menos pessimista) seria de que tudo se dá em rajadas. Em seguida se perguntou se Madelón estaria mesmo se oferecendo ou querendo lhe dizer alguma coisa. Como se o tivesse escutado, a mulher explicou:

– Huguito me disse que o sobrinho dele, um garoto que está metido em tudo, lhe disse... Ai! Não posso acreditar.

– Disse o quê? – perguntou Vidal, sem disfarçar a irritação.

– Disse que você está marcado e que é a próxima vítima.

Sentiu uma violenta aversão à mulher, como se ela tivesse culpa do que anunciava. Pensou que ela seria muito estúpida se houvesse imaginado que, informado dessa notícia, ele teria vontade de abraçá-la. Enquanto pensava nisso, notou que ela o apertava, com particular afinco, abaixo da cintura. Objetivamente, mas também com a aflição de quem não ignora que a qualquer momento se verá envolvido na ação, Vidal se perguntou o que aconteceria depois, o que podia fazer com aquela mulher que arfava em seus braços. Por não esquecer a Madelón de antes e por ser naturalmente compassivo, não queria rechaçá-la, mas se perguntou se em tal situação a conduta dependeria da vontade. Tentou imaginá-la jovem; mas a via e a cheirava tal como ela era agora. Para ganhar tempo, comentou:

– Esses Bogliolo, tio e sobrinho...

– Esqueça os dois – aconselhou Madelón. – O perigo, ele não te dá vontade? A mim, sim.

A porta se entreabriu e ouviram:

– Desculpem.

Bastou dizer essa palavra para que Nélida transmitisse a intensidade de seu aborrecimento. A cara da moça parecia estranhamente cinzenta, com efusões rosadas, e os olhos brilhavam como se ela estivesse com febre. Logo depois daquela aparição, ouviu-se outra vez a porta se fechando. Vidal se abateu como se tivesse acontecido uma catástrofe e, num primeiro momento, culpou Madelón sem vacilar; no entanto, antes de falar, achou que talvez a mulher visse as coisas de outra maneira e se limitou a dizer:

– Neste quarto não se pode ficar tranquilo. Isidorito no quarto ao lado... Sempre está aparecendo alguém.

– Fecha a porta com chave e adeus – replicou Madelón.

– Sim, *che*, mas já me deixaram nervoso. Você sabe como eu sou quando fico nervoso. Juro, não sirvo para nada.

– Não exagere.

– Além do mais já ficou tarde e preciso voltar ao velório. Gosto de fazer as coisas com tempo. Qualquer noite dessas a gente se vê.

A mulher protestou debilmente, pediu que marcassem a hora do encontro e lhe ofereceu o ateliê para esconder-se, porque a advertência de Huguito não devia ser ignorada. Empurrando-a de leve, levou-a até a porta e, quando ficou sozinho, como se estivesse com seus companheiros, fingiu um grande alívio que não sentia; pelo contrário, começava a refletir sobre o verdadeiro motivo de haver batido em retirada e temeu ter-se mostrado inconveniente com Madelón, ou desleal com Nélida. Descartou este último escrúpulo, nada o autorizava a pensar que entre ele e a moça houvesse algo mais que amizade. Sobre o verdadeiro motivo de sua retirada, certamente mais tarde voltaria e repassaria isso. Renunciou ao mate (tinha ficado tarde) e, mordendo um pão, saiu do quarto, esperando não encontrar Madelón na rua. Passaria pelo banheiro. No segundo pátio, cruzou com Nélida, que lhe virou a cara. Aflito, balbuciou explicações, que teve de interromper porque apareceu Antonia.

XXV

Quando chegou à casa de Néstor, a conversa tratava de velhos que tinham sido lançados, mais por diversão do que por fúria, às fogueiras de São Pedro e São Paulo. Tinha-se notícia de quatro ou cinco incinerações parciais ocorridas no perímetro do bairro: as vítimas cuidaram de suas queimaduras na farmácia de Garaventa, exceto uma, com queimaduras de segundo grau, que foi tratada no Hospital Fernández. Também se falou de sequestros, nova modalidade naquela guerra, onde o afã de lucro despontava pela primeira vez, disse Vidal.

– Se pelo menos o caso do Jimi fosse um sequestro... Não sei por quê, no começo achei que fosse isso...

– E agora acha que pode ser algo pior? – perguntou Arévalo.

– Com esses animais...

– É preciso manter a serenidade – objetou o das mãos grandes.

– A serenidade! Nós a imporemos a socos – bradou Rey, ameaçador. – Descubram vocês o paradeiro do nosso amigo. Juro que o resgato.

Pesaram as vantagens, a inutilidade e os riscos de uma denúncia à polícia. Vidal esteve a ponto de prever: "Decerto o soltam se estiver sequestrado", mas se conteve, porque essas palavras o teriam exposto a incômodos pedidos de esclarecimento.

Em seguida a conversa voltou a ser sobre o amigo que velavam e seu enterro, já iminente. Sobre a ausência do filho, o senhor da cara pontuda observou:

– Francamente, considero isso anormal.

– A juventude – garantiu o das mãos grandes, com sua costumeira indulgência – está no papel dela. Não se disse "Deixai que os mortos enterrem..."?

– Uma ova! – protestou Dante, que parecia melhor do ouvido.

Rey propôs:

– Antes de irmos à Chacarita,* por que não damos uma volta no quarteirão, levando o caixão sobre o catafalco? É o hábito, em casos de morte violenta. Com o Néstor no alto faremos frente ao inimigo.

Vidal olhou os dois estranhos – primeiro o das mãos grandes, depois o da cara pontuda –, porque esperava suas objeções. Ambos mantiveram-se calados. Depois de um silêncio em que se ouviu o primeiro desses cavalheiros mudando de posição para se acomodar melhor na cadeira, Dante opinou:

– Não acho que estejamos em posição de provocar ninguém.

– Menos ainda com o caixão no alto – acrescentou Arévalo.

Vidal admirou a astúcia dos estranhos; convencidos do triunfo da prudência, para não enfraquecê-lo, não advogam em sua defesa. Quando pareceu que todos (com exceção de Rey) se mostravam partidários da moderação, o das mãos grandes argumentou:

– Além do mais, não seria uma irresponsabilidade expormos os rapazes da funerária?

– Gente trabalhadora, inocente – completou o da cara pontuda.

A reação foi imediata e por um instante temeu-se a derrota dos moderados. Um acontecimento distraiu uns e outros, e protegeu a todos definitivamente, porque descartou os planos perigosos: a chegada do filho de Néstor. O rapaz agradeceu gravemente a presença dos amigos e disse que aquela magnífica prova de fidelidade o consolava, e muito, da angústia de não poder acompanhar seu pai no velório: a polícia, ramificação final da implacável burocracia, interessada em trâmites e interrogatórios, não levava em conta a dor de um filho.

Arévalo comentou, num sussurro:

– Não me diga que ele está chorando.

– Pobre tipo, me dá pena – admitiu Vidal.

– Acha que ele está comprometido? – perguntou Rey.

– Se no meio desta guerra o retiveram até agora – opinou Arévalo –, seu comportamento na arquibancada deve ter sido francamente monstruoso.

* Um dos cemitérios mais antigos e tradicionais de Buenos Aires. (N.T.)

XXVI

Vidal não teve tempo de enxugar as lágrimas. Anunciaram a partida para o cemitério; houve uma movimentação pelos quartos e corredores. Se queria evitar o choro, devia se vigiar, pois o incidente mais inofensivo de repente acaba sendo dilacerante. O que o levou a se comover foi dona Regina, desgrenhada e absorta, avançando como se a levassem suspensa, rente ao chão. Vidal olhou para o outro lado e reparou em Dante. Com uma infantil agitação, o amigo repetia:

– Olho aberto, rapazes, não se dispersem. Vamos juntos, vamos juntos.

"Cego e surdo", pensou Vidal. "Envolto em couro. Todo velho se transforma em animal."

– O mais importante – observou Arévalo e, como fazia Jimi, piscou um olho – é que os indesejáveis não se infiltrem.

– Quem vai com o filho do Néstor? – perguntou Rey.

Dante esclareceu:

– Nós quatro vamos juntos.

– Isso já sabemos – murmurou ou pensou Vidal.

Pela última vez, contemplou a desolação da casa. Entrou maquinalmente no carro e no trajeto viu-se quase colado à janelinha, para que os amigos não percebessem sua mal contida emoção. Disse palavras que surpreenderam a si mesmo:

– Tudo parece diferente visto de um carro fúnebre.

– Uma ova! – replicou Dante, que naquela manhã ouvia como se finalmente tivesse comprado o aparelho. – Ainda não viajamos num carro fúnebre.

Pela Avenida do Libertador rodeavam o Monumento dos Espanhóis. Arévalo declarou:

– Nossa, como sou velho! Posso contar a vocês uma das minhas primeiras lembranças? Estou olhando esta avenida, que se chamava Alvear, e passam automóveis sem capota e com uma buzina que parece uma serpente de bronze. Há alguns pintados como se fossem cestos amarelos e pretos. Onde terão ido parar aqueles imensos Renault, Hispano Suiza e Delaunay-Belleville?

Como resposta, Dante comentou, nostálgico:

– Me disseram que na Calle Malabia havia uma lagoa.

– Havia outra em frente à capela de Guadalupe – respondeu Arévalo.

O veranico se fazia sentir. Vidal tirou o poncho dos ombros e reclamou:

– Que calor.

– É a umidade – explicou Dante.

– Vocês ouviram dizer alguma coisa – indagou Rey – sobre a planejada Marcha dos Velhos? Uma manifestação oportuna, e talvez bem eficaz.

– Por favor – replicou Arévalo. – Já imaginou o que vai ser? Vão pôr toda a cidade contra. Um espetáculo dantesco.

Vidal refletiu que Jimi teria fincado o pé no adjetivo, para zombar de Dante; os demais já estavam cansados dessa piada. Dante afirmou:

– Um espetáculo do fim do mundo. Vocês não se dão conta. Essas loucuras, todas essas monstruosidades, se não anunciam o fim do mundo, que sentido têm?

Arévalo disse:

– Todo velho um dia chega à conclusão de que o fim do mundo está à vista. Até eu mesmo estou perdendo a paciência…

– Para com isso – grunhiu Rey. – Então vamos aplaudir os molecotes, com suas presunções bobas?

– Pelo menos nós, velhos, já estamos cansados – argumentou Vidal.

– E vai me dizer que esse afã que as mulheres têm pela moda não é o fim do mundo? Que não anuncia a dissolução final de tudo? – insistiu Dante.

Seguiam pela Calle Juan B. Justo, bem na altura da Pacífico. Arévalo observou:

– Não há como defender os velhos. Somente com argumentos sentimentais: "o que fizeram por nós", "eles também têm um coração e sofrem" etc.. Então vocês não sabem como os esquimós e os lapões se livram dos velhos?

– Você já contou.

– Estão vendo? – prosseguiu Arévalo, com voz asmática. – Nos repetimos. Nada mais parecido a um velho do que outro velho: a mesma situação, a mesma arteriosclerose.

– A mesma o quê? – perguntou Dante. – Se falam com a boca fechada, não escuto. Vejam, vejam: quando eu era criança, morava na outra quadra. Já derrubaram a casa.

Vidal se lembrou da casa de seus pais; o quintal e a glicínia; o cachorro Vigilante; as noites em que ouvia o bonde, rangendo na curva, para depois acelerar e crescer até passar em frente da porta.

– Sabem onde havia um curral? – perguntou Arévalo. – Na Calle Montevideo, a meia quadra da Avenida Alvear. Na esquina havia uma estrebaria.

– Uma o quê? – perguntou Dante.

– Lembra, Rey? – disse Vidal. – Ao lado da sua padaria vivia uma mulher de cem anos.

– Dona Juana. Quando fiz a ampliação ela ainda estava lá. Era uma senhora hospitaleira. Na sua mesa, a cozinha *criolla* deles não era nada indecorosa. Que cozidos! Que empanadas! Sou-lhe grato, também, por ter-me ensinado a história deles, com a chegada da infanta Isabel, que ela viu passar numa carruagem. Dona Juana tinha duas netas, uma feia e uma bonita, ambas sardentas.

– Pilar e Celia – contou Vidal. – A bonita, Celia, morreu jovem. Eu era meio louco por ela.

Dante comentou:

– Para onde terá ido aquele tempo em que as mulheres nos procuravam?

Vidal pensou: “Conto ou não a eles?”.

– Não vai voltar – afirmou Rey.

– Estranho seria se voltasse – observou fleumaticamente Arévalo.

– Eu mesmo mal posso acreditar – admitiu Vidal. – Hoje duas mulheres me procuraram. Sim, é isso que estão ouvindo.

– E o que aconteceu? – perguntou Rey.

– Nada, *che*. Eram feias demais.

“Além disso”, pensou (mas não disse), “existe Nélida.”

– Não será, antes de mais nada – opinou Dante –, que você está velho demais? Quando éramos jovens, não tínhamos tanta delicadeza assim.

“Isso é verdade”, pensou Vidal. Deixaram para trás a Villa Crespo. Houve um silêncio mais longo que os anteriores. Rey disse:

– Ficamos mudos. Em que você está pensando, Arévalo?

– É para rir – confessou ele. – Tive uma espécie de visão.

– Agora?

– Agora. Achei ter visto um poço, que era o passado, em que iam caindo pessoas, animais e coisas.

– Sim – disse Vidal –, e dá vertigem.

– Também dá vertigem o futuro – continuou Arévalo. – Eu o imagino como um precipício ao contrário. Pela borda aparecem pessoas e coisas novas, como se fossem ficar, mas também caem e desaparecem no nada.

– Está vendo? – observou Dante. – Os velhos não são tão obtusos. Há até os inteligentes.

– Por isso nos chamam de corujas – afirmou Arévalo.

– Porcos – corrigiu Rey.

– Porcos ou corujas – respondeu Arévalo. – A coruja é o símbolo da filosofia. Inteligente, mas repulsiva.

Entraram no cemitério, desceram na capela. Depois do responsório, voltaram aos carros; Vidal observou que o deles era o terceiro e último do cortejo. Fazia calor. Prosseguiram o lento caminho. Arévalo perguntou:

– Mas o que você estava dizendo, Vidal, sobre uma moça bonita que morreu jovem?

Ele conseguiu responder:

– Me deixou meio maluco. Seu nome era Celia.

O carro freou bruscamente. Numa branca difusão de efervescência, o vidro da frente se estilhaçou, tornou-se opaco. Vidal abriu a porta, desceu para ver o que estava acontecendo. Notou um extraordinário silêncio, como se não só o cortejo tivesse parado, mas o mundo todo. Do primeiro carro desceu o senhor das mãos grandes, que, numa espécie de pantomima, levou-as ao rosto. Mais além da carruagem carregada de flores, numerosas pessoas riam, dançavam, agachavam-se em contorções, esticavam-se vivamente. Vidal então viu o rosto do homem das mãos grandes coberto por um véu de sangue e depois compreendeu que as contorções dos que estavam longe eram um movimento de impulso para arremessar pedras. Dante gemeu:

– Caímos na ratoeira.

As pedradas voavam ao redor. Alguém gritou com voz apagada:

– Fujam.

Bastou essa ordem para que Vidal se pusesse a correr. Quando sua respiração se interrompeu, jogou-se no chão e, arrastando-se, buscou refúgio atrás de um túmulo. O excessivo contato com aquela grama e aquela terra lhe desagradou. Ergueu o corpo, estremecendo. Uma pedrada caiu perto, ele correu de novo enquanto pôde, e depois caminhou, pensando que não podia se perder, que o cemitério era interminável. Sentiu golpes suaves, como de pequenas tábuas, nas costas, na nuca. Eram gotas. Gotas grossas e pesadas. Tinha começado a chover. Pensou: "Uma chuva imunda, que se mistura com o suor". Apressadamente, com alguns tropeços, caminhou até dar na Calle Jorge Newbery e chegar, mancando, à Corrientes, do outro lado do parque. "Há uma palavra", pensou. "Uma palavra." Estava cansado demais para procurá-la, mas por fim a encontrou: "Vexame. Que vexame". Pensou: "Vou fazer sinal para o primeiro táxi que aparecer". Surgiram vários, que passaram ao largo, como se não vissem seus acenos. Entrou num armazém e, apoiando os cotovelos no balcão, pediu:

– Uma cerveja bem gelada e dois especiais de lombo.

Enquanto limpava o escorredor com um trapo, o homem lhe disse:

– Pois não, senhor, mas não aconselho. O ambiente está pesado.

Para não passar por teimoso, agradeceu e caminhou para a porta. "O razoável, o que se espera", refletiu, "é que o sujeito se deixe humilhar. Se é velho, que fique bem entendido."

XXVII

Como se viu diante de uma chuva copiosa, olhou interrogativamente seu conselheiro do balcão. Este, que sem dúvida esperava o olhar, indicou a rua com um breve e áspero movimento de cabeça. Vidal caminhou até a Dorrego; mantendo-se junto às casas, molhava apenas um ombro. Em três ou quatro ocasiões, agitou a mão para chamar táxis; nenhum parou. Já estava descendo a escadaria do metrô quando previu que alguém poderia ceder à tentação de empurrá-lo para baixo de um trem. Confuso pelo cansaço e pela fraqueza, acrescentou: "E o que é pior: vai me deixar longe". De novo exposto à intempérie, comprovou que água e suor, por fora e por dentro, ensopavam-lhe a roupa. "Felizmente ainda não sou velho", ponderou. "Qualquer um, por muito menos, contrairia uma pneumonia dupla ou uma bronquite crônica." Ensaiou um pigarro. Embora o 93 o deixasse perto de casa, não se atreveu a subir no ônibus, pois achou provável que entre tanta gente viajasse algum agressor. Enquanto considerava que a única opção que restava talvez fosse a inconcebível ideia de empreender a pé aquele trajeto de prodigiosa extensão, a chuva parou. Vidal interpretou o fato como um sinal do destino e deu início à desmedida caminhada. Tinha perdido a conta das horas em que já estava sem comer e dormir.

Se o atacassem numa avenida, provavelmente encontraria defensores; mas também estaria mais exposto do que numa rua solitária onde se podia ver tudo de longe... Ao desembocar na Bonpland, notou que soprava o vento do mar e que havia esfriado. Pensou: "O destino de um velho idiota: depois de driblar os perigos, morrer congelado". Quando chegou à Soler, avistou um grupo de rapazes; ainda que talvez fossem inofensivos, para evitá-los deu uma longa volta e atravessou os trilhos pela Paraguay, através da passagem de nível dos armazéns. Bastou um paralelepípedo saliente para que tropeçasse e caísse. Ficou imóvel no chão, trêmulo, exausto. Quando se levantou, julgou estar esquecendo algo muito importante que havia lembrado segundos antes. Pensou: "Quase adormeço, que vergonha". Seguiu o caminho e na Plaza Güemes por fim conseguiu um táxi: um carro velho, dirigido por um homem velho. Ele escutou atentamente o endereço, baixou a bandeira do taxímetro e disse:

– Faz bem, senhor. Passada certa idade, não se deve subir em táxis de jovens.

– Por quê? – perguntou Vidal.

– Não está sabendo, senhor? Por esporte eles assaltam os velhos e depois os jogam por aí.

Vidal estava quase recostado no assento. Endireitou-se e, aproximando-se do homem, comentou:

– Que não venham nos dizer que por trás desta guerra há uma grande pretensão científica. O que há é muita bravata.

– O senhor tem toda a razão. O *criollo* é um fanfarrão. A garotada faz de conta que sai para caçar tatus e na verdade é a nós que caçam.

– E a gente vive na insegurança. O pior é temer sempre uma surpresa.

– Isso mesmo – concordou o motorista. – Suponhamos que realmente os velhos inúteis estejam sobrando. Por que então não levá-los a um lugar de gente e exterminá-los com métodos modernos?

– Não será pior o remédio que a doença? – perguntou Vidal. – Digo pelo abuso.

– Agora o senhor me pegou – admitiu o homem. – O governo é muito abusivo. Veja só a questão dos telefones.

Vidal pagou e desceu. Talvez nunca tivesse se sentido tão cansado. Naquele momento se lembrou dos amigos. Tomara que nenhum deles tivesse levado uma pedrada como a que ensanguentou o homem das mãos grandes. Ocupado primeiro em escapar, depois em voltar para casa, tinha se esquecido completamente deles. Emocionado, se lembrou: "Completamente, como diria o pobre Néstor". Restavam-lhe forças para ir agora até a casa de Dante ou até a padaria? "Arévalo é um bicho bastante estranho e ninguém, que eu saiba, entrou em sua casa, nem sequer Jimi, que é um curioso." Explicou isso ao auditório que o escutava no sonho.

XXVIII

Embora lhe faltassem forças para se manter em pé, adiou o momento de decidir se se atirava na cama ou se retornava à rua para ver como estavam os amigos; primeiro reequilibraria o corpo com uns mates. Esperava a água esquentar e comia pão quando Nélida apareceu. A moça o olhou nos olhos e disse:

– Desculpe entrar sem bater. Um péssimo hábito.

– Não. Por quê?

– Sempre interrompo o senhor na melhor hora. Mas queria preveni-lo.

– Prevenir-me do quê, Nélida?

– De algumas hipócritas que mostram uma boa cara e, pelas costas, se convém, o denunciam. Uma amiguinha sua, que fala com Bogliolo, está perfeitamente informada de que o sobrinho...

– Sim, já sei, Nélida. Essa pessoa veio me prevenir...

– Assim, de passagem...? Todas vêm porque estão loucas pelo senhor.

– Não diga isso, Nélida. A Madelón não está louca por mim nem é minha amiguinha.

– Madelón! Se não há nada entre vocês, por que o Bogliolo permite que o sobrinho dele o delate? Sabe por quê? Porque o senhor, se quiser, o desbanca.

– Não, Nélida, eu não desbanco ninguém.

– Eu me pergunto o que o senhor viu naquela velha.

– Nada, Nélida. Você fica chateada se eu lhe disser uma coisa? Estou caindo de sono. Agora mesmo ia me meter na cama. Estava para tirar a roupa.

– Quem o impede?

– Mas, Nélida... – protestou e, resignado, apagou o fogareiro.

– Mas o quê?

Viu-a sentada na beirada da cama, ocupada em tirar tranquilamente sapatos e meias, e admirou essa tranquilidade e a graça das mãos que baixavam as meias ao longo das pernas e as jogavam sobre uma cadeira. Com gratidão, pensou: "Será possível que eu tenha essa sorte?". A moça endireitou o corpo; como se estivesse sozinha, mirou-se um instante no espelho e num só movimento – pelo menos assim pareceu a ele – desvelou sua nudez, tão branca na penumbra do quarto. Trêmulo pela revelação, ouviu lhe dizerem bem de perto: "Bobo, bobo". Foi abraçado, foi acariciado, foi beijado, até que a empurrou um pouco para contemplá-la.

– Sabe de uma coisa? – disse. – Sou louco por você, louco, e sou tão idiota que nunca teria me atrevido.

Uma segunda revelação o deixou de boca aberta; caiu abraçado a Nélida e, como já não podia falar, apertou-a contra si: era como se perder naquele perfume de alfazema. Depois de um instante, quando se afastou, Nélida o esbofeteou violentamente.

– Por quê? – perguntou, queixosa. – Por quê?

– Por que você me bateu? – perguntou Vidal. – Eu queria...

– É assunto meu – replicou ela.

O aborrecimento passou depressa. Vidal comentou:

– Não terá sido tudo um sonho? Tenho que desconfiar, porque ando adormecendo a toda hora.

– E isto também é um sonho? – perguntou Nélida rindo, e pôs uma das mãos no rosto dele. – Se quiser, podemos dormir.

– Antonia e a mãe dela não estão te esperando?

– Como estou de mudança, vão pensar que fiquei na casa das minhas tias.

– De mudança?

– Não está sabendo? A pobre tia Paula morreu anteontem à noite, a que preparava os pasteizinhos, lembra? Por hábito sempre digo "as tias", mas só resta uma agora. Me aconselharam que eu vá o quanto antes para a casa dela, para evitar que alguém se meta lá dentro.

– É longe daqui? – perguntou, preocupado.

– Não, na Calle Guatemala, quase esquina com a Julián Alvarez.

– Meu antigo bairro.

– Não diga. Me conta.

– Nasci na Calle Paraguay. Com certeza a coisa mais bonita da casa era o quintal, com a glicínia. Eu tinha um cachorro chamado Vigilante. Mas não vou aborrecê-la com essas coisas. Como vão sentir sua falta, Antonia e a mãe dela.

– Olha, não sei, já era uma situação insustentável. Provavelmente a coitada da Antonia prefere não ter testemunhas, porque afinal de contas é a mãe dela. A mulher está que não se aguenta. Os anos a transformaram num machão horrível: imagine, é chamada de Sargentão. Fico preocupada por causa das crianças. Mas, pobrezinho, não estou te deixando dormir.

Os olhos dele se fechavam, mas não queria interromper a conversa... Alguma vez, possivelmente num tempo distante, teria sentido um bem-estar comparado a este, "mas", refletiu, "esse é um luxo ao qual agora não estou acostumado e que não desperdiçarei".

XXIX

Foi despertado por um estrépito, que interpretou como um disparo contra uma coruja. Lembrava-se do sonho: estava no refúgio, numa casinha de granito, que (segundo lhe explicaram) era resistente e segura. Com a satisfação de quem inspeciona sua propriedade, olhou para cima: faltava o teto. Pela abertura baixavam sobre sua cabeça corujas furiosas, que, determinadas, retomavam o voo para em seguida voltar ao ataque. Descarregou a escopeta contra a que grasnava com mais ímpeto. Já acordado, virou-se para a esquerda: Nélida estava ao seu lado. Pensou: "Que vida venho levando, para cair nestes sonhos junto dela". Ao vê-la adormecida lembrou-se de uma circunstância trivial, e que se revelou agradável por ser da sua juventude: costumava adormecer e despertar antes das mulheres. Sabe-se lá havia quanto tempo não se lembrava disso.

Como quem repassa para não esquecer, recordou-se de tudo, ponto por ponto, desde o momento em que Nélida entrou no quarto. Felicitou-se por não ter cedido à tentação, tão inoportuna que poderia ser desastrosa, de perguntar: "E o seu namorado?". Em determinado momento, por um escrúpulo besta com um desconhecido, quase fez a pergunta; se a fizesse agora, agiria impulsionado pelo anseio da posse. Ponderou, divertido: "Para exigir não somos nada lerdos".

De repente, julgou entender intuitivamente que a explicação do universo era o ato do amor. Com a orgulhosa modéstia de quem sabe que os grandes prêmios nos cabem, mais que por mérito, pela favorável fatalidade de que alguém deve ganhá-los, pensou que, naquela noite, ele estava incluído entre os participantes. Por sentir que devia compartilhar sua grande alegria, aproximou-se da moça. Olhou-a sério e comentou devagar:

"Extraordinariamente linda". Tomando o maior cuidado para não despertá-la, abraçou-a pela segunda vez.

Mais tarde, com o rosto voltado para o teto, conversaram placidamente, até que Nélida disse:

– De novo não estou te deixando dormir.

– Não, não é você – respondeu Vidal. – É a fome. Não como há dois dias.

– O que eu posso cozinhar?

– Aqui não tem quase nada.

– Vou me vestir e buscar alguma coisa na casa da Antonia.

– Não, não vá. Temos pão, mate, fruta seca e talvez uma barra de chocolate. Mas a barra de chocolate é do Isidorito, e ele vai se chatear se a comermos. Ele sente uma moleza no corpo de repente.

Rindo, Nélida rechaçou o comentário. Disse:

– Nem te conto é da moleza que baixou sobre nós dois.

Nélida acendeu a lâmpada, levantou-se; da cama Vidal lhe indicava onde ficavam as coisas e a via caminhar nua pelo quarto.

– Vou pôr outra água para esquentar – anunciou a moça enquanto virava a chaleira. – Sabe o que eu sonhei? Que tínhamos ido ao campo caçar, eu, você e o seu cachorro Vigilante.

– Incrível. Eu também sonhei que estava caçando não sei que passarinhos.

Deliciados, admitiram que parecia incrível.

– Me falaram de você – contou Nélida. – Uma senhora que conheci ontem na casa da tia Paula. Uma xará.

– Não vai me dizer que é a Nélida que morou nesta casa?

A própria. Nélida comentou:

– Ela tem você muito presente.

Talvez para não se mostrar interessado em seu antigo amor, Vidal perguntou:

– Carmen mora com ela?

– Não seja sem-vergonha, *che*, que a garota está para se casar.

Depois de certa perplexidade, Vidal entendeu que ela falava de uma filha de Nélida, mas não confessou que tinha perguntado pela mãe. Novamente esteve a ponto de pronunciar as palavras: "Que vai acontecer agora com o seu namorado?". Conteve-se. Se a pergunta não pegasse mal...

– Com este banquete reporemos nossas forças.

Comiam e riam. Vidal disse a si mesmo: "Será que Isidorito não vai acordar com o barulho? Não vai surpreender Nélida no meu quarto?". Despreocupou-se. "Se não me engano, ela não se importa. Tem razão. O importante é recordar esta noite. A melhor da minha vida." Em seguida se aborreceu de já estar vendo como recordação o que estava vivendo: era o mesmo que dá-lo por passado. Também se aborreceu de pensar: era o mesmo que se separar de Nélida. Mas ainda pensou: "Ultimamente ando tendo o péssimo costume de me perguntar se o que me acontece está acontecendo pela última vez. Parece até que arruíno tudo de propósito com a minha tristeza".

Nélida perguntou:

– Por que você não vem morar comigo?

Primeiro, simplesmente rechaçou a ideia, porque não a esperava; depois, um pouco assombrado, julgou-a aceitável e por último achou necessário esclarecer que na nova casa ele arcaria com os gastos (acalmava seu amor-próprio, sem averiguar a quanto se elevavam os gastos nem calcular o dinheiro de que dispunha). A moça não lhe dava muita atenção, escutava-o sem disfarçar a impaciência, a ponto de Vidal pensar: "Será que de algum modo estou me mostrando antiquado?". Como não sabia claramente onde estava o erro, optou de novo por calar. Então foi acometido pela vertigem de formular a pergunta tantas vezes reprimida:

– E o seu namorado?

"Sem dúvida", pensou, "outro erro do mesmo tipo, que revelava a intransponível distância que existia entre as gerações."

– Você se importa muito com isso? – indagou Nélida.

Corajosamente, ele respondeu:

– Muito.

– Melhor assim. Tinha medo de que não se importasse. Não se preocupe: eu lhe direi que tudo acabou. Escolhi você.

Enquanto meditava sobre a declaração que tinha ouvido, para ele preciosa e triunfal – tudo que um apaixonado pode pedir estavam lhe dando naquele dia: fatos e palavras –, levava Nélida para a cama quando ressoaram os golpes na porta.

Vestiu o velho sobretudo marrom e foi ver quem batia.

XXX

– Para o sótão, irmão, para o sótão! – disse Faber, exaltado, enfiando a cabeça grisalha pela porta que Vidal tinha entreaberto.

– Que está acontecendo? – perguntou Vidal. Interpôs o corpo para que o outro não visse Nélida.

– Não ouviu os disparos? Parecia coisa de cinema. Então o senhor não tem o sono leve, *don* Isidro. Quanto a mim, que estou ficando surdo, quando durmo tenho um ouvido que nem lhe conto!

Forcejava para entrar, como se desconfiasse de alguma coisa ou tivesse entrevisto Nélida. Vidal segurou com uma das mãos a folha da porta aberta e se recostou na outra. Declarou:

– Nem penso em ir para o sótão.

Faber retomou sua explicação:

– Como deram com a porta trancada – agora o gerente mete cadeado e chave –, quiseram abri-la a tiros. Ainda bem que apareceu um patrulheiro, desses que fazem estardalhaço para dizer que a ordem está assegurada. Mas prometeram voltar, *don* Isidro. Se não acredita, pergunte aos outros. Todo mundo ouviu.

– Comunico que fico em meu quarto. Para começar, não me considero velho.

– Está no seu direito, senhor – concordou Faber –, porém mais vale pecar por prudência.

– E depois eles não me assustam. Como a garotada do bairro vai me assustar, uns pobres infelizes que estou cansado de ver desde que faço uso da razão? Essa garotada também me conhece e sabe perfeitamente que eu não sou velho. Dou-lhe minha palavra: eles mesmos me disseram.

– Os que prometeram voltar não são do bairro. São do Clube do Servidor Municipal. Eles se apossaram dos caminhões de recolhimento de cães e percorrem as artérias da cidade à caça de velhos que eles vão buscar em suas casas e levam para passear, enjaulados, na minha opinião para escárnio e chacota.

– Que fazem com eles depois? – perguntou Nélida.

Ela estava atrás de Vidal. Este pensou: "Provavelmente Faber está vendo seus braços".

– Há quem diga, senhorita, que são exterminados na câmara para cães hidrófobos. Ao galego gerente, um compatriota garantiu que abrem as jaulas ao chegar a San Pedrito e os abandonam depois de persegui-los a golpes de rebenque em direção ao cemitério de Flores.

Nélida ordenou a Vidal:

– Feche essa porta.

Vidal fechou e disse:

– Está louco. Não vou subir ao sótão com os velhos.

– Olha – aconselhou Nélida –, se eu fosse você, me escondia esta noite e ia embora amanhã, na primeira oportunidade.

– Ia para onde?

– Para a Calle Guatemala. Venha comigo, não combinamos isso? Tente não chamar a atenção e depois quero ver se eles te descobrem; só se forem bruxos.

Tinha rechaçado cabalmente a proposta de se refugiar no sótão, mas agora, apresentada como parte do projeto de Nélida, a ideia se tornava atendível. Por enquanto, se não queria chamar a atenção (como ela aconselhara), não poderia levar muitas coisas. Vale dizer que aquela mudança não era um ato definitivo e completo. Com o pretexto de salvar a vida, permitia-se a aventura de viver uma semana com uma mulher. Talvez depois a volta não fosse fácil, e quem sabe àquela altura ele já tivesse criado um novo hábito, o de viver com Nélida, para opor ao velho, o de viver com seu filho, que era uma maneira de viver sozinho; mas seu pensamento não ia tão longe.

Abraçou-se a Nélida e com algum alvoroço lhe respondeu:

– Se você está me convidando a sério, chego amanhã à sua casa.

– Não vai chegar se eu não te der o endereço. Além disso, tome as chaves, para não ter que tocar a campainha e ficar esperando. Eu peço que abram para mim.

Num bolso do vestido ela tinha a chave. Procuraram papel e lápis; por fim os encontraram e a moça escreveu. Sem ler, Vidal guardou o papel.

XXXI

Quando se encontrou na íngreme e frágil escadinha, compreendeu que não havia se equivocado: subir ao sótão era uma humilhação. Uma vez lá em cima, o teto baixo demais, o cheiro, a sujeira, as penas, confirmaram seu desalento. Como no fundo de um túnel – o sótão se estendia por toda a ala esquerda do casarão –, avistou ao longe o lume de uma vela e duas figuras borradas pela escuridão. Identificou-as: Faber e o gerente. Arrastou-se até eles.

– Aí vem o filho pródigo – comentou Faber. – Só falta o Bogliolo.

O gerente respondeu:

– Esse não vem, pois se refugiou com a filha do estofador. Agora que o pai morreu, ela recebe os homens na própria casa.

– Há muitos escondidos em casa de amigos – garantiu Faber.

– Sim, todos muito orgulhosos – concordou o gerente. – Mas, como a primeira coisa que as pessoas vão averiguar é com quem anda o próximo, elas os apanham quando quiserem.

Provavelmente o gerente e Faber falavam sem nenhuma má intenção. Para provar a eles, ou talvez a si mesmo, que nada daquilo o afetava, Vidal interveio.

– Parece até – disse – que esta guerra dos porcos, ou dos velhos, depois de amainar um pouco recrudesceu com virulência.

– Os últimos estertores antes do colapso – explicou Faber, com aquela voz de cornetinha que vinha saindo dele de uns tempos para cá. – A juventude está tomada pelo desespero.

– Carecem de efetividade – afirmou Vidal. – Nesta guerra não acontece nada; puras ameaças. Posso falar assim porque estive em mais de um entrevero.

O gerente protestou gravemente:

– O senhor pode falar assim, mas não mataram seu amigo Néstor? E seu amigo Jimi, não desapareceu? Tomara que reapareça vivo.

– A juventude está tomada pelo desespero – repetiu Faber. – Num futuro próximo, se o regime democrático se mantiver, o homem velho será o patrão. Por simples matemática, entendam-me. Maioria de votos. O que nos mostram as estatísticas? Vamos ver. Que a morte hoje não chega aos cinquenta, mas aos oitenta anos, e que amanhã virá aos cem. É isso mesmo. Façam um esforço de imaginação e calculem o número de velhos que desse modo se acumulam e o peso morto de sua opinião na condução da coisa pública. Acabou-se a ditadura do proletariado para dar lugar à ditadura dos velhos.

O rosto de Faber foi ficando paulatinamente sombrio.

– Em que está pensando? – perguntou o gerente. – Parece aflito.

– Vou ser sincero – disse Faber. – Eu devia ter passado pelos fundos antes de subir. Os senhores me entendem?

O gerente assegurou:

– Como não? Faz um tempo que estou com essa mesma preocupação.

– E eu não penso em outra coisa – admitiu Vidal.

Riram, aplaudiram-se, confraternizaram. O gerente avisou:

– Não me sacudam ou eu viro um homem ao mar.

– Cuidado com a vela – alertou Faber, segurando-a.

– Se esse monte de caixotes pega fogo, poupamos trabalho aos jovens.

– Não brinquem com isso.

– E se arriscássemos uma rápida excursão aos fundos? – propôs Faber.

– Não podemos, por causa dos rapazes da casa – declarou o gerente. – Disseram que saímos e imagina se os outros nos veem quando descermos. Nós os comprometeríamos.

– Então vou voltar à primeira infância – disse Faber, chorando de rir.

– Não haverá, aqui em cima, um lugar escondido? – indagou o gerente.

– Quem sabe detrás dos últimos caixotes – opinou Vidal.

O gerente perguntou:

– Não ficam em cima do quarto do Bogliolo?

– Ah, isso não sei – respondeu Vidal.

– Ah... – exclamou o gerente. – Então foi o senhor que molhou o teto dele da outra vez. Agora quem vai molhar vai ser um trio.

Debilitados pelo riso convulsivo – tentavam contê-lo, mas ainda era estrepitoso –, arrastaram-se até o lugar indicado por Vidal. Ali permaneceram por algum tempo.

– Se ele não alugar um bote, vai se afogar – vaticinou Faber.

Começaram a voltar. Referindo-se a Faber, o gerente sussurrou:

– Ele está mudando de voz. Uma voz fanhosa.

– De pato – afirmou Vidal.

Calaram-se de repente, porque um tumulto, embaixo, os assustou. Ouviram cochichos, golpes como de gente empurrada e por fim um único palavrão solto por um vozeirão.

– Meu Deus, o que é isso? – perguntou Faber com voz trêmula e fanhosa.

Os outros não responderam.

Passos pesados, acompanhados de um assomo de estalos, avançavam com lentidão para cima. Quando o vulto apareceu, pela primeira vez Vidal sentiu medo. Não o reconheceu no ato, até que a menininha o iluminou com a lanterna: enorme, cilíndrica, inchada, brônzea como um índio, grisalha e desgrenhada, dona Dalmacia os olhava com expressão de rancor e olhos vagos.

– Quem são esses aí? – perguntou a senhora.

– O senhor gerente, Faber e Vidal – respondeu a neta.

A senhora manifestou seu imponente desprezo:

– Três maricas. Os bebês os assustam e eles se escondem. Saibam, seus maricas, que eu queria ficar lá embaixo. Deixe que venham; com uma peitada eu os derrubo. Mas minha filha me mandou para cima porque é uma malcriada e diz que estou cega.

Houve um silêncio. Vidal perguntou:

– E agora, o que está acontecendo?

– Esqueceu de nós. Está brincando com a neta – explicou Faber.

– Não sei como deixam a criança com ela – comentou o gerente. – Hoje em dia essa mulher é um homem asqueroso. Caprichos da velhice.

XXXII

Terça-feira, 1º de julho

Aparentemente, a chegada intempestiva de dona Dalmacia os deprimira. Calaram-se. Devia ser tarde, e naquela época de guerra, os dias, carregados de inquietude, eram extenuantes. Na silenciosa penumbra, Vidal adormeceu. Sonhou que sua mão derrubava a vela, que o sótão se incendiava e que ele, uma das vítimas, aprovava essa purificação pelo fogo. Desejava agora, por circunstâncias que no sonho não era capaz de lembrar, o triunfo dos jovens e explicava tudo com uma frase que lhe parecia muito satisfatória: "Para viver como jovem, morro como velho". O esforço para pronunciá-la e talvez o murmúrio que produziu com os lábios o despertaram.

Deve ter se lembrado, ao menos instintivamente, de que em outra ocasião tinha amanhecido naquele sótão contraído por causa da ciática, porque em seguida ensaiou movimentos para conferir a flexibilidade da cintura: encontrou-a livre de dores.

"Como sempre, o primeiro a acordar", pensou com certo orgulho. À luz da aurora, que penetrava pela claraboia, viu Faber e o gerente. Pensou: "Dormem como dois cadáveres que respiram", e se admirou com a descoberta de que respirar constituísse, em alguns casos, uma atividade repugnante. Quase tropeçou no corpo da menininha, que dormia com os olhos entreabertos, com o branco visível, o que lhe conferia a expressão perdida de uma mulher que desfalece. A poucos passos dali estava esparramada a velha. Na escada Vidal sentiu uma grande fraqueza e achou que devia comer alguma coisa. Fazia muitos anos, talvez desde garoto, que sentia esses enjoos em jejum. Ao chegar lá embaixo, deteve-se, apoiado no corrimão. Não se ouvia nada. As pessoas ainda dormiam, mas não havia tempo a perder, porque não demorariam a levantar.

Encontrou seu quarto envolto numa escuridão fria e de novo teve a visão, muito frequente na última semana, da quietude das coisas. Com abatimento, se perguntou se isso não esconderia um mau sinal. Contemplava aqueles objetos dispostos para ele como se regressasse de uma longa viagem e estivesse fora, separado por um vidro.

Lavou-se, vestiu sua melhor roupa, envolveu num jornal uma muda e alguns lenços. No último instante, lembrou-se das chaves e do papelzinho de Nélida. Achou tudo nos bolsos do outro casaco. Embaixo do endereço (e indicações: *porta 3, subir a escada, porta E, seguir o corredor, subir a escada para o entrepiso, porta 5*), Nélida havia escrito: *Estou te esperando!* Vidal refletiu que essas delicadezas das mulheres contavam consideravelmente na vida de um homem. Em seguida se deu conta de que devia deixar a Isidorito alguma explicação para sua ausência. Não sabia o que dizer. A verdade não podia ficar ali, escrita, nem via como substituí-la, nem queria se demorar. Por fim escreveu: *Um amigo me convidou para passar três ou quatro dias fora. Lá tudo está tranquilo. Cuide-se.* Antes de sair, completou: *Não te dou detalhes para o caso de isto cair na mão de um estranho.*

A caminho dos fundos, onde acudiu para estar, por um tempo, livre de preocupações na casa de Nélida, cruzou com a neta mais jovem de dona Dalmacia, que talvez não tenha reparado nele, atenta que estava para não pisar nas emendas dos ladrilhos. Com exceção dessa menina, ninguém o viu. Na rua ainda solitária, levou inquisitivamente os olhos à oficina do estofador. Se tivesse surpreendido Bogliolo numa das janelas, não o teria olhado com ciúme ou rancor, mas com uma espécie de cumplicidade fraterna. Talvez porque não se enamorava fazia muitos anos, reagia à situação, que voltava a lhe parecer nova, com um quê de jovem vaidoso. Pensou que, se tivesse ânimo, passaria na casa de Jimi para perguntar se o amigo tinha voltado, mas o impulso de chegar o quanto antes à casa de Nélida foi mais forte, como se junto dela estivesse a salvo não da ameaça dos jovens, que agora quase não o assustava, mas do contágio, provável por sua aparente afinidade com o meio, da insidiosa, da pavorosa velhice.

XXXIII

Talvez porque fosse uma manhã fria e úmida, Vidal não encontrou no caminho um só grupo de repressão. “Ferozes”, pensou, “mas não a ponto de cometer imprudências com a saúde.” Na Plaza Güemes, lembrou-se de que ali, quando voltava da Chacarita, tinha conseguido o táxi: parecia-lhe incrível que isso não tivesse acontecido num passado distante, e sim na véspera. Abrigado pelos troncos escuros de grandes árvores onde uma folhagem verde e delicada se entrelaçava no alto, caminhou pela Calle Guatemala, atento à numeração das casas e para que os rapagões reunidos numa esquina mais adiante – da Calle Aráoz, talvez – não o vissem. O número procurado – o 4 174 – correspondia a uma casa de duas construções, com um jardim no meio, uma magnólia, um relógio de sol. Empurrou o portão entreaberto da cerca, entrou, consultou o papelzinho, com a chave maior abriu uma porta, não encontrou ninguém na entrada, subiu a escada, abriu outra porta, seguiu por um longo corredor, entre um parapeito à esquerda, que dava para um pátio, e uma parede com sucessivas portas à direita. Na segunda ou na terceira, estava uma mulher jovem, que o encarou com desembaraço. Vidal pensou: “Pobre Nélida. Falou tanto de sua casa, para acabar se mudando para outro cortiço”. Consultou de novo as instruções, subiu uma escadinha cinza esverdeada em caracol e de ferro, e se viu defronte a uma porta com um círculo redondo de louça com o número 5. Bateu, para não entrar de surpresa, e quando pensava em enfiar a chave, Nélida abriu.

– Que bom! – exclamou. – Fiquei com medo de que você voltasse atrás e não viesse. Entre. Agora tenho a impressão de que nada de ruim pode nos acontecer.

Admirado, pensou: "Algumas não demonstram que amam a gente. Se cuidam. Não estão seguras de si nem são tão fortes". A casa o deslumbrou: "É uma casa de verdade. Você não estava exagerando". Estavam num salão que lhe pareceu enorme, de teto alto com guirlandas, virtualmente transformado em dois ambientes: num extremo, a sala de jantar, com a mesa, as cadeiras, o aparador, a geladeira; no outro, uma sala com uma mesa, um sofá de vime, poltronas, uma cadeira de balanço, a televisão. Viu parte da cama e do guarda-roupa do dormitório contíguo. Pensou que o fato de atravessar todos aqueles corredores, portas e escadas, aumentava a surpresa de se encontrar de repente numa casa tão bem mobiliada e confortável.

– Estou contente por estar aqui – disse.

– Você não trouxe quase nada.

– Você me recomendou que eu não chamasse a atenção com a mudança.

– Vem para ficar? – perguntou Nélida.

– Se você me aceitar.

– Você aguenta alguns dias e, quando o ambiente se acalmar, vamos buscar suas coisas. Me espera um momento? Estou fazendo o almoço...

Enquanto Nélida trabalhava na cozinha, Vidal percorria a casa. Viu um quintal com plantas e flores, o quarto de dormir com a cama larga, o guarda-roupa, os criados-mudos e, em dois porta-retratos ovalados, de caoba, fotografias de uma senhora e um senhor de outra época, que pareciam desenhos a bico de pena. Perguntou:

– Quem são as pessoas das fotografias?

– Meus avós – gritou Nélida da cozinha. – Não se preocupe, já vou tirá-los daí. Me deu não sei o quê, e não consegui tirá-los logo que cheguei.

Ia responder que não se incomodava, mas se conteve, porque temeu que a frase se revelasse de mau gosto. Estava à vontade na casa. Pensou que era uma lástima não ter trazido tudo e que seu único castigo era a ideia de um dia voltar, nem que fosse por um momento, à Calle Paunero. No meio desse bem-estar, pensou: "Será que poderei viver aqui sem parecer que estou sendo sustentado?".

XXXIV

Uma coisa o assombrava: Nélida não lhe havia escondido sua boa disposição para o amor. "E também me assombro por me assombrar", pensou, "porque vivi alguns anos e a esta altura já deveria saber..." Sem dúvida achava que a garota lhe dava um presente. Estendido junto a ela, o rosto voltado para o teto, abandonou-se ao bem-estar e, em um ocioso entretenimento, pensou na afirmação que se ouvia muitas vezes de que todo mundo ficava triste depois do ato, o que julgou incrível, e se lembrou também da pressa de voltar para casa, de sair ao ar livre, que, segundo as confidências dos amigos, os acometia. Chegou à conclusão de que os homens não costumavam ser tão afortunados quanto ele. Virou-se, olhou para ela com vontade de agradecer, de conversar. Nélida lhe perguntou:

– Não vai sentir falta da sua casa?

– Como pode pensar isso?

– A gente sente falta dos hábitos.

– Até o de atravessar o pátio para ir ao banheiro? Se a gente vive dessa maneira, não precisa de um grande esforço para continuar; mas basta um dia de comodidade para que a volta à pensão seja impossível.

– Eu não teria forças para me meter de novo no quarto com dona Dalmacia e as meninas. Que estranho que você nunca tenha se mudado.

– Uma vez eu tinha uns *pesos* e ia me mudar para um apartamento. Minha mulher foi embora, fiquei sozinho com o menino e, graças às vizinhas, que cuidavam dele na minha ausência, não perdi o emprego. Tudo tem suas compensações...

Depois de dizer isso, achou que o olhar de Nélida se tornava vago. Preocupado, se perguntou: "Será que a estou aborrecendo? Ela é jovem, está acostumada com gente jovem e eu há muitos anos só falo com velhos".

– E você não comprou o apartamento? – perguntou Nélida.

– Naquela ocasião a gente não comprava; alugava. Foi um sonho que não se realizou. Como o de ser professor. Houve época em que eu quis ser professor. É difícil acreditar, não é verdade?

Nélida parecia contente de ele ter tido alguma vez aquele desejo. Enquanto trocavam recordações, Vidal notou que, quando se referia a fatos ocorridos dois ou três anos antes, Nélida dizia invariavelmente "faz muito tempo". De repente se lembrou da conversa com o namorado, que o preocupava, e perguntou:

– Você já contou ao seu namorado?

– Não, ainda não. Preciso falar com ele.

Vidal refletiu que daria qualquer coisa para que essa conversa já fizesse parte do passado. Disse:

– Te acompanho, se quiser.

– Olha, não é necessário – respondeu Nélida. – Martín não é um mau sujeito.

– Martín? Que Martín?

– Meu namorado. Na minha opinião seria antipático eu dizer a ele essas coisas sem que estivéssemos sozinhos.

– Onde vai se encontrar com ele?

– Depende da hora... Se for antes das cinco da tarde, na oficina mecânica. Depois, eu teria que procurá-lo num desses lugares onde ele trabalha. Eu já te disse que ele faz parte do trio Los Porteñitos?

– Sim, você já me contou. É melhor você ir à oficina. Não gosto que você fique andando por bares, e menos ainda à noite.

– Ele toca no La Esquinita, da Calle Thames, e num porão, naquele chiqueiro que se chama FOB, e no Salón Maguenta, da Calle Güemes. Já volto, vou até a cozinha um minuto. Não está com fome?

Vidal continuou na cama, de barriga para cima, cansado o bastante para não acompanhá-la, para não mudar de posição. "Este cansaço é muito diferente de outros, que a gente confunde com tristeza. Reconfortante como um diploma na parede." Pena que aquela conversa de Nélida com o ex-namorado estivesse pendente; não tinha nada contra o sujeito, mas lamentava que por sua culpa Nélida tivesse que ir ao La Esquinita ou ao Salón Maguenta, para não falar do porão com nome estrangeiro. Valia mais a pena se distrair com recordações daquele apartamento que esteve prestes a alugar: teria vivido no Once, hoje seus amigos seriam outros (com exceção de Jimi, que conhecera no colégio) e não teria encontrado Nélida. Naquele quarto, com ela logo ali, parecia incrível que pelas ruas de Buenos Aires as pessoas estivessem trocando tiros... Fantasiando, imaginou que seria curioso se a guerra estivesse circunscrita ao bairro que circunda a Plaza Las Heras e que fosse a maquinação de um único valentão, o senhor Bogliolo, dirigida contra uma só vítima, Isidro ou Isidoro Vidal.

– Venha comer – chamou Nélida.

Sobre a mesa havia uma travessa de ravióli.

– Que fome – ele exclamou.

– Não sei se você gosta.

Vidal a tranquilizou: o ravióli evocava imagens de épocas felizes, dos domingos, quando era criança, e de sua mãe.

– Acredite – disse, com efusiva sinceridade. – Este é melhor do que os que eu me lembro. Pensei que ninguém fosse superá-los.

Beberam vinho tinto; comeram bife à milanesa e batatas. Quando chegou o arroz-doce, Nélida disse:

– Se você não gosta, me desculpe. Ainda não conheço seus gostos.

Abraçou-a por ela ter dito *ainda*. Agradeceu a palavra, como a promessa de um longo futuro para os dois. Depois se calou; perguntou-se o que poderia acrescentar, do que poderia falar para não aborrecê-la. Bebeu outro copo de vinho e, quando Nélida se levantou para preparar o café, começou de novo a beijá-la.

XXXV

Estendeu a mão, confiante, e buscou o corpo da moça, não o encontrou. A decepção não o despertou de todo; olhou à esquerda, Nélida não estava. Teve um pressentimento terrível, saltou da cama, percorreu os quartos, abriu a porta que dava para o pátio.

– Nélida! Nélida! – gritou.

A moça tinha desaparecido da casa. Angustiado, angustiado em excesso (provavelmente não havia motivo), tentou entender. Subitamente se lembrou. Nélida se reclinara sobre ele – agora parecia que a estava vendo – e falara. Uma a uma as frases voltavam. Nélida tinha dito:

– Vou esclarecer tudo com Martín. Não saia e não abra a porta para ninguém. Me espere. Não vou demorar. Me espere.

Embora estivesse quase dormindo, havia entendido perfeitamente essas palavras; elas o tinham angustiado, tinham-no aborrecido (a familiaridade com que chamava o sujeito pelo nome!), e como se de repente caísse sobre ele todo o cansaço das intermináveis vigílias, da caminhada desde a Chacarita, da péssima noite no sótão, dos muitos amores, tinha ficado imobilizado, incapaz de protestar e de se mexer. Disse: "Como um imbecil, deixei que ela fosse. Agora estou aqui, enjaulado". Nélida prometeu (talvez no tom que os médicos empregam para infundir confiança no doente): "Não vou demorar", mas, como ele ignorava quando ela tinha saído, não descartava a possibilidade de que o tivesse feito poucos minutos antes e que, apesar de suas boas intenções, fosse demorar ainda sabe-se lá quanto tempo. Vestiu-se devagar. Para passar o tempo, foi à cozinha preparar uns mates. Enquanto procurava os fósforos e a erva, perguntou-se se de fato o futuro lhe reservava uma vida com Nélida naquela casa. Cuidadosamente, preparou e tomou o primeiro mate; depois, com alguma precipitação, quatro ou cinco. Lembrou-se de Jimi e pensou que fazia muito tempo que não apurava se havia novidades. Para continuar esperando, precisava de um contínuo esforço da vontade; parecia que Nélida não voltava nunca, pelo menos quando não se distraía de esperá-la. Já havia recorrido aos mates e agora estava sem paciência para esperar ou inventar outras atividades. Claro que se fosse até a casa de Jimi, deixaria de esperá-la e, se a má sorte não se virasse contra ele, na volta encontraria Nélida. No entanto, seria conveniente deixar passar mais alguns minutos, e assim lhe dar a chance de voltar. O melhor seria que a jovem voltasse antes de ele sair, porque assim se excluíam muitos riscos, nos quais não valia a pena nem pensar. Claro que com frequência a gente renuncia ao que deseja e se contenta com o que pode. O que ele não podia, explicou a si mesmo, era continuar ali, sem fazer nada, só pensando. Jogou o poncho sobre os ombros, apagou a luz, tateando encontrou a maçaneta, passou para a entrada e fechou a porta à chave. Sem pressa, desceu a escada de ferro. Pensou: "Chegou o momento. Agora eu vou". Embora tivesse vontade de voltar, seguiu seu caminho pelo estreito corredor. "Essa gente não disfarça a curiosidade", pensou, porque o observavam das portas. "Como fui me esquecer de deixar um bilhete dizendo *Vou até a casa de Jimi e já volto*?" Com um inesperado ressentimento, pensou: "Assim ela aprenderá". Não sabia se esse ataque de ciúme era genuíno ou se seria um pretexto para não voltar para a casa vazia, onde estivera esperando. Não se deixaria levar pelos nervos, como uma mulher histérica. Jimi dizia que todas as coisas ruins acontecem porque as pessoas não dominam seus nervos. Para dominá-los, caminhou com extrema lentidão. Pensou: "Estou lhe dando novas oportunidades de voltar, que ela não aproveita por pura teimosia". Ficou por um momento na porta da rua, indeciso, olhando de um lado para o outro, menos atento ao risco de que houvesse marmanjos escondidos na penumbra das árvores do que a uma surpreendente reaparição da jovem ausente. Perguntou-se se a maneira mais direta de sair de sua estúpida agitação não seria procurar a moça nos bares onde o sujeito, aquele tal Martín, arranhava um violão. Não devia, porém, excluir uma possibilidade desagradável: que sua chegada a contrariasse, que ela o visse como um exagerado ou um desconfiado. Começaria então a perder o amor de Nélida: desgraça evidentemente inevitável, porque era absurdo que uma moça tão linda e tão jovem o amasse. Com aquela chegada intempestiva, a desiludiria do equívoco ou do capricho de amá-lo. Quem sabe se ali mesmo ela não lhe diria para ir embora, que ela iria ficar com Martín (desde que soube o nome, passou a detestá-lo)? Imaginou a situação: sua retirada vergonhosa, a zombaria dos fregueses, enquanto ao fundo o casal se abraçava; cena de final de filme, com o vilão (quer dizer, o velho) castigado, a coerente união dos jovens, os acordes enfáticos da orquestra e o aplauso do público. Pela Calle Salguero, circundou a Plaza Güemes e comentou em voz alta: "A mania de pegar sempre as mesmas ruas. Me disseram que em outros tempos o laguinho de Guadalupe ficava aqui". Entre a Arenales e a Juncal se perguntou: "Terei esquecido Nélida?". Até aquele momento desejara esquecê-la, porque sentia que sua atenção expectante bloqueava o caminho de volta da moça; agora se arrependia do esquecimento, como se de um abandono. "Será que havia acontecido alguma coisa com ela? Aqui se erguia a penitenciária." A inconsequência de seus pensamentos era um sinal de que estava um pouco desesperado. Teve vontade de falar com Dante, que morava ali perto, na Calle French. "Admito", disse consigo, "que o pobre Dante não é muito divertido." Desde os últimos acontecimentos, era o afeto, mais do que o hábito, o que unia cada um deles ao grupo. É verdade que em certas ocasiões olhava seus amigos com apreensão, ou um pouco menos do que isso, como se eles fossem dependentes de um vício, a velhice, do qual o salvava o amor da jovem; mas não sabia se podia contar com ela. O mais prudente, como tática supersticiosa, era dá-la por perdida. Haveria assim alguma esperança de recuperá-la, porque se estivesse seguro demais receberia seu castigo e não voltaria a vê-la. "E agora", pensou com um tom ao mesmo tempo resignado e irônico, "em vez disso vou ver o Dante." Ele morava na última casa térrea que restara no quarteirão, uma espécie de sepulcro entre os edifícios altos. Não foi a ele, porém, que viu primeiro, pois quem lhe abriu a porta foi "a senhora". Era como Dante a chamava, sem que ninguém soubesse ao certo se ela era sua criada ou sua mulher, embora provavelmente cumprisse as duas funções. Envolta em panos negros e soltos, perscrutava-o com aquele receio de animal espantado que naqueles tempos a aparição de qualquer jovem suscitava nas pessoas mais velhas. Vidal comentou: "Pelo visto, há quem não me considere velho". A pele da mulher, de tom avermelhado, estava coberta de pelos negros; também negra era a cabeleira, salpicada de mechas cinza. Quanto às feições, os anos sem dúvida as tinham avolumado, de modo que se apresentavam, como em outros anciãos, toscas e proeminentes. Vidal se perguntou se "aquela bruxa" teria sido ou ainda seria (já que na intimidade dos lares ocorrem coisas inimagináveis) a concubina de seu amigo. "Um quadro tão repulsivo, que o melhor seria desejar-lhes uma pronta morte. É claro que se eu chegar a essa idade gozando de tão boa disposição, por delicadeza não vou rechaçar nenhuma mulher. Tudo que me prove que ainda estou vivo se tornará então precioso." Como a porta estava sendo fechada, gritou:

– Sou Isidoro Vidal. Diga ao senhor Dante que é Isidro que está aqui.

Dante apareceu ao lado da senhora.

– Estou aqui – anunciou.

Sorria satisfeito. Vidal o achou com uma cor tão ruim – uma palidez amarelenta e esverdeada – que se perguntou se Dante estaria lhe parecendo mais velho por oposição à juventude de Nélida. Perguntou:

– Como você está?

– Perfeito. E já vou lhe dizendo que há uma boa notícia: o Jimi apareceu.

– Tem certeza?

– Rey me contou por telefone há uma meia hora.

– E está bem?

– Perfeito. Sinto-me um menino. Melhor do que nunca.

– Perguntei se o Jimi está bem. Vamos vê-lo?

– Rey me disse que eu não fosse antes de passar pela padaria. Quer me contar algo tão grave que precisa ser pessoalmente. Com as barbaridades que estão acontecendo, não estava animado de ir sozinho, mas se você quiser podemos ir juntos.

– Vamos à casa do Jimi.

– Não, *che*. Rey me pediu com a maior formalidade que eu não fosse sem passar antes pela padaria.

– O problema é que não tenho muito tempo e estou com vontade de ver o Jimi também – disse Vidal.

– Quero voltar logo. Com pouco ouvido e pouca vista, de noite me agarram como quiserem. Não pense que tenho vontade de morrer. Portanto lhe garanto que volto para a minha casinha o quanto antes.

XXXVI

Sentado à cabeceira, com uma filha de cada lado e outra em frente, Leandro Rey acabava de comer e ofereceu aos amigos a hospitalidade de sua mesa. Vidal aceitou um cafezinho; Dante, nada: o café lhe provocava insônia e toda bebida alcoólica, acidez. Vidal perguntou:

– Soltaram o Jimi?

– De fato – respondeu Rey –, mas espere. – Com voz autoritária se dirigiu às filhas: – Limpem a mesa e nos deixem. Vamos ter uma conversa de homens.

As mulheres o olharam furiosas, mas obedeceram.

– Veja só – comentou Dante, quando ficaram sozinhos. – E eu que tinha tido uma ideia de que eram as suas filhas que mandavam.

Rey respondeu:

– Antes eu as deixava mandar, mas agora não levantam a cabeça. Antes assim.

– Em circunstâncias como as atuais – insinuou Dante –, não seria mais prudente seguir uma política, digamos, de colaboracionismo?

Como resposta Rey se limitou a rugir. Vidal reiterou a pergunta:

– Então, soltaram o Jimi?

– Voltou para casa hoje de manhã.

– Vamos vê-lo.

– Por enquanto, não. Eu é que não vou.

– Por quê?

– Homem, por quase nada. Corre um rumor feio, sem dúvida nenhuma feio.

– O que ele pode ter feito para que você não queira vê-lo? Além do mais, *che*, que importa? Lembre-se de que o Jimi é nosso amigo.

– O Arévalo também é – declarou Rey solenemente. – Ou era.

– O que aconteceu?

– Parece que o Jimi, para que o soltassem, disse a seus raptores que o Arévalo estava tendo um caso com uma menor, e indicou o lugar e a hora em que os dois poderiam ser surpreendidos. O Jimi está na casa dele e o Arévalo, no Hospital Fernández. É isso mesmo que você ouviu.

– De onde você tirou tudo isso?

– Antes do jantar, quando eu estava para fechar, o seu vizinho Faber apareceu na padaria. Ele tinha falado com o Bogliolo, que tinha ouvido do sobrinho o assunto em detalhes.

– E o que aconteceu?

– Nada. Se chega tarde, não tem pão. Eu disse a ele que só tínhamos pãezinhos caseiros.

– O que aconteceu com o Arévalo?

– Fazia tempo que ele andava com essa menor – assinalou Dante.

Vidal o encarou, desconcertado. Comentou:

– Sou sempre o último a ficar sabendo. – Depois disse: – Não é à toa que andava limpo e até enfatiotado. Nem tinha mais caspa.

– Um bando de patifes o aguardava à saída do hotel Nilo – contou Rey. – A menina se pôs a gritar, esganiçada: Eu gosto de velhos! Eu gosto de velhos!

– Uma provocação. Nessa eu daria uns quatro tiros – declarou Dante, com ferocidade. – É a única responsável.

– E por que seria? – questionou Vidal.

– Não diga bobagens, Dante. Até que enfim ouvimos falar de uma moça leal, disposta a morrer por suas convicções, e você resmunga.

– Tiro o chapéu para você – disse Vidal. – Que fizeram ao Arévalo?

– Deixaram-no quase morto. Proponho que passemos no Fernández e tentemos saber como ele está.

– Menininha comprometedora – murmurou Dante.

– Não tenho muito tempo – advertiu Vidal. – Que tal irmos já?

Nem bem acabou de pronunciá-la, a frase lhe pareceu extremamente mesquinha. Claro que para ele nada era mais importante que sua obrigação com Nélida, mas como fazê-la valer naquele momento? Os amigos lhe teriam dado os parabéns, teriam invejado sua boa sorte, mas não teriam aprovado que a levasse a sério demais, que a equiparasse com um amigo de toda a vida.

Dante explicou:

– Me acompanhem até a minha casinha. A verdade é que eu prefiro isso. Não vejo graça nenhuma em andar pelas ruas à noite, nesta época. Estou falando sério.

XXXVII

Conversando animadamente, Vidal e Rey transpuseram a porta da padaria e dobraram à esquerda, na Calle Salguero. Dante os contemplou com ar compungido, como um menino prestes a chorar. Correu até eles, tomou Rey por um braço, suplicou:

– Por que não me deixam em casa?

– Larga – respondeu Rey, sacudindo o braço, para completar placidamente: – Vamos ver como está o Arévalo.

– Não fale tão alto. Vai chamar a atenção. Por favor – disse Dante.

– Nasci na Espanha – explicou Rey –, mas esta é a minha cidade.

– E o que isso tem a ver? – disse Dante.

– Como, o que isso tem a ver? Estou há mais anos em Buenos Aires do que esses rapazes, portanto eles não vão me desalojar do que é meu.

– Perfeito – admitiu Vidal. – Que você se mostre agressivo com essa rapaziada, perfeito, mas... não vai levar a mal minha opinião? Eu não brigaria com o Jimi por causa das histórias do Botafogo.

– Escute aqui: quando ouço a palavra delação, eu me enfureço.

Com alguma eloquência Vidal perguntou:

– Quem te garante que você não está sendo uma simples vítima de novas táticas do elemento jovem, neste caso o sobrinho do Botafogo, com o objetivo de semear a discórdia e a hostilidade entre nós?

– Guerra psicológica – deduziu Dante.

– Na opinião do Dante, há lampejos de semelhança – admitiu Rey –, mas seja como for não vou perdoar um delator.

Vidal argumentou:

– Como você pode achar que por uma promessa no ar o Jimi iria comprometer um amigo?

– Promessa no ar? – perguntou Rey.

– Para matar o Arévalo, não teriam por que soltar o Jimi.

– O Jimi é capaz de tudo.

Receoso, Dante olhou para trás.

– O que me assusta – explicou – é o aspecto da cidade, igual como sempre, como se não estivesse acontecendo nada.

Vidal comentou:

– Para te tranquilizar, seria preciso uma batalha.

– Ontem houve uma – garantiu Rey. – Aqui perto. Diante do motel do Vilaseco. Foragidos da Agrupação Juvenil se lançaram ao ataque. Meu conterrâneo, ajudado por seu fiel Paco, resistiu às investidas. Quando a rendição parecia inevitável, os defensores, aos socos, avançaram e salvaram a cidadela.

XXXVIII

Os três amigos subiram a escadaria e entraram no saguão do Hospital Fernández. Na penumbra avistaram algo que de longe lhes pareceu uma escultura, coberta por um lençol. Rey se afastou uns passos, para olhar.

– O que é aquilo? – perguntou Dante.

– Um velho – respondeu Rey.

– Um velho?

– Sim, um velho numa maca.

– O que ele está fazendo? – insistiu Dante sem se aproximar.

– Acho que está morrendo – respondeu Rey.

– Por que viemos aqui? – gemeu Dante.

– Todos nós vamos acabar ou neste ou em outro hospital – explicou Rey afetuosamente. – Melhor se acostumar.

– Estou cansado – protestou Dante. – Vocês não percebem. Eu me sinto muito velho. A morte do Néstor, aquele ataque sem mais nem menos na Chacarita, agora essa história do Arévalo: tudo me fez muito mal. Tenho medo. Me falta ânimo para resistir.

Aproximaram-se de um quarto com uma janelinha aberta para o saguão.

– Queríamos saber de um senhor. Foi trazido ontem à noite – disse Rey a um funcionário. – O senhor Arévalo.

– Quando ele deu entrada?

– Este lugar não me agrada – declarou Dante em voz alta.

Vidal pensou: “Pobre-diabo. Se eu disser que vamos deixá-lo, é capaz de chorar”.

– Foi trazido na noite passada – disse Rey.

– Para que sala?

– Isso não sabemos – respondeu Vidal. – Foi vítima de uma agressão.

Enquanto isso, Dante esfregava a dentadura e cheirava o dedo.

– Qual o problema? – perguntou Vidal.

– Se ela afrouxa, junta comida e começa a feder – explicou Dante. – Você também tem dentadura postiça. Logo vai ver.

– Familiares do acidentado? – perguntou um senhor de pouca estatura, calvo, de cabeça redonda (que lembrava essas abóboras ocas em que se recortam olhos, nariz e boca). No bolso superior do jaleco, levava a inscrição *Dr. L. Cadelago* bordada em linha azul.

– Parentes, não – respondeu Vidal. – Amigos. Amigos de toda uma vida.

– Não importa – respondeu rapidamente o médico. – Venham, vamos subir.

Rey falou:

– Diga, doutor, como ele está?

O médico se deteve. Pareceu absorto em seus pensamentos e, em seguida, perturbado pela pergunta. Dante indagou com uma ansiedade mal reprimida:

– Não aconteceu nada de ruim?

O rosto do médico se ensombreceu.

– Nada de ruim? Não entendi. O que você quer dizer com isso?

– Nosso amigo Arévalo… não faleceu? – balbuciou Dante.

O médico declarou com um grave desgosto:

– Não, senhor.

Num murmúrio, Vidal perguntou:

– Seu estado é crítico?

O médico sorriu. Os amigos esperaram que uma boa notícia os confortasse.

– De fato – afirmou o médico. – É delicado.

– Que desgraça – comentou Vidal.

O doutor Cadelago voltou a se entristecer e disse:

– Hoje dispomos de meios para enfrentar essas situações.

– Mas o senhor acredita, doutor, que ele vai se salvar? – perguntou Vidal.

O médico explicou:

– Qualquer profissional consciente de sua responsabilidade jamais diria algo a respeito disso… – Acrescentou em tom agourento: – Meios para controlar a situação existem. Não há dúvida de que existem.

De repente Vidal entreviu na lembrança um encontro com o doutor Cadelago no passado, ou com outra pessoa que sorria quando estava triste, ou talvez teria sonhado com algum desses encontros.

Atrás do médico, que parecia deprimido, encaminharam-se para o elevador. Vidal sussurrou a Rey:

– Não há jeito de se entender com esse tipo.

– Como poderia haver se nós ignoramos a medicina de fio a pavio? Escute, você faz de conta que vivemos em outro mundo.

– Ainda bem.

Pensou: "A gente se sente seguro na vida, e mesmo no meio da guerra supõe que o mal só vai acontecer com os outros; mas basta um amigo morrer (ou que nos anunciem que talvez morra) para que tudo se torne irreal". A aparência das coisas tinha mudado, como no teatro, quando o iluminador gira um disco de vidros coloridos diante do foco de luz. O próprio doutor Cadelago, com aquela discrepância entre expressão facial e palavras, com sua cabeça de abóbora oca na qual se introduz uma vela acesa para assustar as crianças à noite, revelava-se fantasmagórico. Vidal sentiu que tinha desembocado num pesadelo; melhor dizendo: que vivia um pesadelo. "Há Nélida", pensou e, em seguida, se reanimou. Ponderou logo depois: "Para mim, quem sabe".

Abandonado ao seu abatimento, Dante protestava:

– E agora, até quando vamos ficar aqui? Não me agrada nada estar aqui. Por que não vamos embora de uma vez?

Vidal pensou: "A verdade é que ele está velho". O processo de envelhecimento havia se acelerado e já devia restar muito pouco do amigo de antes. Ultimamente se transformara em outra coisa, uma coisa bem mais ingrata, com a qual a gente continuava se relacionando só por fidelidade ao passado.

Quando entraram no elevador, o médico interrogou:

– Todos os senhores já fizeram sessenta anos?

– Eu não – respondeu imediatamente Vidal.

Desceram no quinto andar. "Quanto a não estar à vontade aqui dentro", pensou, "dou toda a razão a Dante. Se a gente se lembra da liberdade do lado de fora, se angustia, como se a tivesse perdido de modo irrecuperável."

XXXIX

– A sala – anunciou o médico.

De um lado e outro do corredor se abriam quartinhos de duas ou quatro camas, delimitados por divisórias brancas. Nem bem entraram, Arévalo levantou um braço. Vidal pensou: "Bom sinal", e então notou as grossas linhas escuras que alteravam as feições de seu amigo. A outra cama estava desocupada.

– O que aconteceu? – perguntou Rey.

– Vou fazer uma ronda pela enfermaria – disse o médico. – Não o deixem agitado. Conversem, mas não o agitem.

– Um percalço, Rey. Um simples contratempo – explicou Arévalo.

Duas marcas lhe atravessavam o rosto. Uma, mais escura, que parecia uma depressão debaixo de um dos pômulos, e outra, de reflexos violáceos, na testa. Vidal perguntou:

– Como você está?

– Um pouco dolorido. Não somente no rosto: nos rins também. Me chutaram quando eu estava no chão. O médico disse que houve uma hemorragia interna. Me deu esses comprimidos.

O frasco estava no criado-mudo, junto a um copo d'água e um relógio. Vidal pensou que o mecanismo do relógio marchava com particular impaciência; lembrou-se de Nélida; de algum modo associou aquele angustiante ponteiro dos segundos com a moça de quem sentia falta, e se viu de repente muito triste.

– Por que foi que aconteceu isso? – perguntou Rey.

– Acho que houve premeditação. Eles estavam me esperando. No início se mostraram indecisos, mas depois tomaram coragem.

– Como cachorrinhos – disse Vidal.

Arévalo sorriu.

– Se não fossem os desplantes daquela garota, talvez não te espancassem – opinou Dante. – Estamos cansados de saber: mulher provoca. É a eterna culpada. A eterna faísca.

– Não exagere – disse Arévalo.

– O Dante me lembra esses velhos que veem com maus olhos o outro sexo – comentou Vidal. – Quanto mais jovem é a mulher, mais birra têm dela.

– Quanto a mim, não ponho o sexo no banco dos réus – declarou Rey. – Ponho a juventude.

– A juventude não carece de virtudes – replicou Arévalo. – São pessoas desinteressadas. Falta de experiência, quem sabe, ou de tempo para se afeiçoar ao dinheiro.

Vidal observou:

– Talvez o queiram menos porque é uma das tantas coisas que ainda esperam.

– Já para os velhos – disse Arévalo – se converte na única paixão.

– A única? – perguntou Vidal. – Onde ficam a gula, as manias, o egoísmo? Reparou como eles cuidam do resto de vidinha que lhes resta? A cara de susto idiota que fazem quando atravessam a rua?

– Eu não condeno toda a juventude – garantiu Rey. – Se me trouxerem uma garota, ora essa, eu a devoro com ossinhos e tudo, mas se moleques patifes me atacarem, vão ver a resistência passiva que eu lhes aplico: socos e pontapés.

– Perfeito, se você pode – concedeu Arévalo. – Eu só consegui proteger a cabeça, mas me saí melhor do que o meu vizinho, o da outra cama.

– Está vazia – informou Dante.

– Embora ele fale sem parar, acho que não recuperou a razão – explicou Arévalo. – Deu de contar sonhos. Disse que sonhou que era jovem e que estava com amigos no Pedigree, na esquina da Santa Fe com a Serrano, falando de letras de tango. Até mencionou um garçom, Tronget, que sugeria temas rurais...

– Você o escutou com atenção – afirmou Dante.

– Terá sido um letrista? – perguntou Vidal.

– Suponho que sim – respondeu Arévalo. – Não sei quantas vezes mencionou o tango “El cosquilloso”. Deve ter sido um de seus maiores triunfos. O coitado repetia vinte vezes a mesma coisa.

– "El cosquilloso"? Quem se lembra hoje em dia dessa velharia? – perguntou Dante.

Arévalo continuou:

– Disse que sentia saudades das conversas da sua juventude. Até altas horas os amigos ficavam analisando a teoria de uma letra de tango ou o enredo do último sainete* de Ivo Pelay. Disse que hoje em dia falavam de fatos concretos, até mesmo do preço das coisas. Achei que nesse momento ele estava lúcido, mas depois divagou de novo. Quando começou a respirar de um modo estranho, levaram-no embora.

– Para onde? – perguntou Dante.

– Para morrer sozinho – respondeu Rey.

– Eles nos levam para morrer sozinhos – explicou Arévalo –, e assim não abalarmos o moral do desgraçado da outra cama.

– Será que o café onde se reuniam era como o nosso, da Plaza Las Heras? – perguntou Vidal, como se falasse sozinho.

– Não queira comparar, *che* – disse Arévalo. – O ambiente era outro.

Vidal perguntou:

– Quando voltaremos às nossas partidinhas?

– Logo – garantiu Arévalo. – O médico estava me dizendo. Assistimos aos últimos estertores de um fenômeno que está acabando.

– E se acabam com a gente primeiro? – perguntou Vidal.

– Tudo é possível. Aparentemente estamos marcados. No meu caso, pelo menos, acho que houve premeditação. Eles estavam me esperando. No início se mostraram indecisos, mas depois tomaram coragem.

– Ou esse aí se repete ou não estou ouvindo bem… – comentou Dante.

– Diga, Arévalo, e ao seu vizinho o que aconteceu?

– Como vocês, ele veio ver um amigo aqui e, quando voltava para casa, o agarraram em frente à garagem dos carros funerários.

– Quero ir embora – gemeu Dante. – Por favor, Rey, venha comigo. Me acompanhe. Estou muito velho, acreditem, e só de pensar num ataque o medo me desmantela.

* Peça teatral curta e cômica, de origem espanhola, de que geralmente participam apenas dois ou três personagens. (N.T.)

Seu rosto pálido se tornava terroso. Vidal pensou: "Não vá se desmantelar aqui".

– Os empregados da garagem queriam levá-lo para dentro – prosseguiu Arévalo –, mas apareceu um policial e o trouxe para cá.

– Teria sido mais prático se já o tivessem deixado com os homens da funerária – opinou Rey.

– Você disse que o levaram para morrer sozinho. Onde? – perguntou Dante.

– Veja, não sei para onde eles são levados. Um enfermeiro me disse que os põem onde lhes dá vontade. O enfermeiro é meio jovenzinho, decerto me julga velho e me descreve quadros macabros na esperança de me assustar. Me disse que os colocam em qualquer lugar, no próprio saguão do térreo.

– Pobre sujeito – comentou Vidal. – Se ainda está vivo, quem sabe o que estará sonhando.

Dante gemeu:

– É aquele que nós vimos. Rey, quero ir embora.

– De fato, eu vou mesmo – anunciou Rey. – Madrugo para vigiar o trabalho no forno e, quando não durmo minhas oito horas, não presto para nada.

– No caminho, você me deixa em casa? – perguntou Dante em tom de súplica.

Vidal pensou: "Nélida me esperando, e eu aqui. Ninguém espera por esses dois velhos, mas eles não podem ficar um minuto com um amigo enfermo. Um está dominado pelo egoísmo, o outro pela covardia. Não há nada pior do que a velhice". Reconsiderou em seguida: "O fato de eu me demorar com Arévalo, de ainda não ter voltado à Calle Guatemala, talvez prove que eu também estou velho. Mesmo assim, sei que vou ficando para dar tempo a Nélida, para não voltar antes dela. Chegar em casa e não encontrar Nélida seria horrível".

O médico reapareceu e disse:

– Por favor, senhores, não vão embora ainda. Vou retê-los por mais alguns minutos. Ou, pelo menos, ao mais jovem dos senhores. Para colher uma simples amostra de sangue. Para o caso de ser necessária uma transfusão para este senhor aqui. Não é nada, uma picadinha, nada mais que isso.

O médico acendeu uma lâmpada, pôs-se a auscultar Arévalo. Este, por cima da careca do doutor, comentou:

– Já estão aparecendo suas manchas brancas, Dante. Vai ter que passar outra mão de tintura.

O médico coçou a cabeça nervosamente:

– Se o senhor fala – explicou – me faz cócegas.

Dante protestou:

– Não entendi o que você me disse. Quando você fala, parece que está se afogando; eu não te escuto.

– Estou com asma – desculpou-se Arévalo. – Eu estava dizendo que suas manchas brancas já estão surgindo de novo.

– O que vocês querem? – perguntou Dante, desconsolado. – Sozinho, a gente não se dá conta. Quem é que vai tingir para mim? A outra vez quem tingiu foi o pobre do Néstor. Sozinho eu não consigo. Vocês precisam me ajudar. É mais importante do que vocês imaginam.

– Você não engana ninguém – disse Arévalo. – Acho que é preciso se resignar um pouco.

– É muito fácil falar assim – replicou Dante – quando se está metido num edifício como este, que é uma verdadeira fortaleza. Eu, ao contrário, tenho que ir para casa em plena noite e atravessar ruas escuras como bocas de lobo.

– Ninguém está te mandando embora – garantiu Vidal.

O médico disse:

– Volto em seguida, senhores. Por favor, me esperem.

– Vamos antes que ele volte – suplicou Dante. – Isidro já está frito. Vão agarrá-lo com o pretexto da transfusão. Ele não precisa de nós para nada. Não vamos ficar à mercê dele. Se ficarmos, vai ver como ele inventa algo para nos prender. Vamos aproveitar para escapar agora que ele não está. Não gosto de ficar aqui.

– E quem é que gosta? – disse Arévalo.

– Não acho que ele vá nos prender – admitiu Rey –, mas já é tarde, amanhã madrugo e nossa presença aqui não beneficia ninguém. Isidro, logicamente, tem que ficar.

– Claro – respondeu Vidal. – E aconselho vocês a partir. Não há necessidade de que fiquem.

Rey abriu a bocarra, mas não falou. Como um menino teimoso, Dante o puxava pela manga, o empurrava para a porta.

– Saíram? – perguntou Arévalo.

– Saíram.

– Você se irritou.

– Esses dois me deixam um pouco indignado.

– Não se aborreça. Lembre-se sempre do que o Jimi vive repetindo: com os anos, os órgãos de contenção começam a falhar. Um faria xixi, o Dante se entrega ao medo.

– Dante está vencido, mas e o Rey? Aquele homenzarrão...

– Já faz algum tempo que ele não se contém. Você não o vê no café, esticando a manzorra até os amendoins, trêmulo de gula? Como tantos velhos, perdeu o pudor.

– O pudor? Tem razão. Uma vez, no motel do Vilaseco...

– Por pura velhice, virou um egoísta descarado. Já nem disfarça. Só se interessa pela própria comodidade e ponto final.

XL

– Me faz o obséquio? – disse Cadelago.

Enquanto o seguia pelo corredor, Vidal comentou:

– O Arévalo estava me dizendo, doutor, que o senhor lhe disse que esta guerra é um fenômeno que está no fim.

– Acredite – respondeu o médico, balançando a cabeça com tristeza: – o serviço de psiquiatria não dá conta de atender os jovens. Todos nos procuram pelo mesmo problema: receio de tocar nos velhos. Uma verdadeira repulsa.

– Nojo? Me parece natural.

– A mão se nega, senhor. Há um fato novo e irrefutável: a identificação dos jovens com os velhos. Através dessa guerra, eles entenderam de uma maneira íntima, dolorosa, que todo velho é o futuro de algum jovem. Deles mesmos, talvez! Outro fato curioso: invariavelmente o jovem elabora a seguinte fantasia: matar um velho equivale a se suicidar.

– Não será que a miséria e a feiura da vítima tornam o crime desagradável?

Pensou: "Por que me interesso por isso? Que me interessa uma conversa com um idiota? O que me importa é a garota que está me esperando".

– Todo menino normal – explicou o doutor, com expressão de júbilo – em algum momento de seu desenvolvimento sai por aí destripando gatos. Eu também fiz isso! Depois apagamos da memória essas brincadeiras, as eliminamos, as excretamos. A guerra atual passará sem deixar lembrança.

Chegaram a um quartinho. Vidal se perguntou: "Para não contrariar esse bocó, vou condenar Nélida a me esperar ansiosamente?". Caluniava a si mesmo: não estava ali por temor de contrariar ninguém, mas pela possibilidade de ser útil ao amigo Arévalo. Ou na realidade tinha vindo porque Rey insistiu e agora doava sangue porque o médico pedia? Para tudo se podia encontrar uma infinidade de explicações, como demonstrava a doutora de Isidorito.

– Depois posso ir embora, doutor?

– Não há o menor inconveniente. Depois de um período de espera. Descanse uns minutinhos, muito bem acomodado, na maca. Afinal, quem está nos apressando?

– Estão me esperando, doutor.

– Meus cumprimentos. Nem todos podem dizer o mesmo.

– Uns minutos, doutor? Quantos?

– A mulher e a criança não contêm a impaciência, mas nós, homens, aprendemos a esperar. Ainda que não haja absolutamente nada ao fim da espera, nós esperamos.

– Ora essa! – disse Vidal.

– Perfeito – garantiu o médico. – Uma simples picada. Vamos ver, não mexa o bracinho. Depois tome um bom café com leite, um suco de frutas e o senhor fica novo em folha. É preciso repor líquidos.

Vidal pensou: "Não duvido que Nélida esteja na Calle Guatemala, mas e se nem sequer voltou ainda?".

Descartou a ideia, que era intolerável.

– Pronto? – perguntou Vidal.

– Agora feche os olhos e descanse até que eu o avise – respondeu Cadelago.

Por que não mandava ao diabo aquele indivíduo e ia embora no ato? Sentia-se cansado, um pouco derrotado, e no entanto não se resolvia a recusar os adiamentos que se apresentavam, um após o outro, como últimos e muito rápidos. Dessa maneira, a visita ao hospital se prolongara, se transformara num pesadelo, com inesgotáveis reservas e refinamentos de angústia. Parece evidente que por fim tenha dormido e sonhado, pois achou ter visto um grupo de jovens – reconheceu entre eles os assassinos do jornaleiro – que no alto de um estrado formavam um tribunal claramente ameaçador, de onde o chamavam.

– O que aconteceu? – perguntou.

– Nada – respondeu em tom aflito o doutor Cadelago. – Devolvo-lhe sua liberdade.

Voltou à enfermaria para se despedir de Arévalo.

XLI

Havia imaginado que, uma vez ao ar livre, rumo à Calle Guatemala, sentiria uma grande exultação. Em sua impaciência, confundira esse momento com outro, mais distante no tempo, muito mais desejável: o do encontro com Nélida. Nem bem cruzou o portão do hospital, percebeu que tal encontro, embora possível, não era garantido e notou que estava triste. Talvez para se poupar de uma decepção, deprimia-se por antecipação. Virou na Salguero em direção a Las Heras. Por que amarrar Nélida a um animal moribundo? Nenhum dos dois ganharia nada: esperava por ela uma desilusão que ele podia prever, mas não evitar... Rey e Dante tinham-no deixado com nojo da velhice. Parecia que seu afeto por esses amigos já não era o mesmo. Tampouco eles eram os mesmos. "Tudo se torna relativo com o tempo. Mais que tudo, as pessoas." Lembrava-se, em imagens vívidas que tendiam ao desaparecimento, de um tribunal de justiça em que um fiscal, embriagado de cólera, acusava-o de estar velho. A lembrança, que provinha de seu curto sonho depois da transfusão, agora o entristecia. Não tinha ficado novo em folha, mas sim bastante fraco, e julgava que para essa tristeza não encontraria remédio no suco de frutas recomendado pelo doutor. A velhice era um castigo sem saída, que não permitia desejos nem ambições. De onde tirar a ilusão para fazer planos, já que uma vez realizados o sujeito não estará mais aí para gozá-los, ou estará pela metade? Para que seguir caminhando até a Calle Guatemala? Era melhor voltar para sua casa. Por azar, Nélida o procuraria e pediria uma explicação. Os jovens não entendem até que ponto a falta de futuro subtrai ao velho todas as coisas importantes da vida. "A enfermidade não é o enfermo", pensou, "mas o velho é a velhice, e não há outra saída senão a morte." A intuição de sua total desesperança inesperadamente lhe deu alento. Apertou o passo para chegar logo à casa de Nélida, para chegar antes que essa convicção, como a lembrança do sonho, se dissolvesse; justamente por amá-la tanto, ele a convenceria de que o amor por um velho como ele era ilusório.

Ouviu uma explosão, quem sabe uma bomba que havia estourado sabe-se lá onde, ali perto. Depois retumbaram outras duas. Para os lados do Retiro, em rápida expansão de baixo para cima, o céu ficava vermelho.

XLII

Acendeu a luz, olhou em volta, foi até o quarto, percorreu afobado o resto da casa. Provavelmente tratava-se de uma brincadeira; nem bem se descuidasse, Nélida surgiria, saída de algum lugar, para abraçá-lo. Entretanto, bem depressa percebeu que talvez devesse se resignar à possibilidade cada vez maior de que a moça não tivesse voltado. A situação (pensou) não era muito dramática; tinha certeza de que um dia, que já devia estar próximo, nem se lembraria daquela angústia (se tivesse sorte com Nélida), mas no momento, por motivos que aceitava sem entender, aquilo era insuportável. Declarou: "Não vou deixá-la para esse músico de botequim".

Saiu da casa, caminhou pela Calle Guatemala em direção ao norte, disposto a buscar Nélida, a recuperá-la. Já não sentia o desânimo de momentos antes, nem o cansaço, nem a derrota, nem a velhice.

Levantou a mão ao ver um táxi, e a agitou com movimentos enérgicos, para detê-lo. Quando entrou no carro, ordenou:

– Me leve até a Calle Thames. Vou a um lugar chamado Salón Maguenta. Conhece?

Com uma viva arrancada, o carro se pôs a rodar muito rápido; Vidal caiu no fundo do assento e o motorista disse:

– Sim, senhor, uma gafieira. Faz bem o senhor, é preciso sair e se divertir, agora que a guerra está nas últimas.

– Acha mesmo? – perguntou Vidal, e refletiu: "Como não reparei antes? É jovem". Em seguida imaginou-se abandonado em San Pedrito, viu-se no momento em que se levantava do chão de pedras, machucado pela pancada ao cair do táxi, e em termos quase audíveis articulou a queixa: "Se eu tiver que começar dali, tudo vai se atrasar". Comentou em tom neutro: – Faz tempo que está nas últimas – e, irritado com suas próprias palavras, continuou: – Perdi um amigo. Um amigo de toda a vida. Uma pessoa como poucas. Queria que eles me explicassem o que o mundo e os criminosos ganharam com essa morte.

Quando viu que avançavam pela Güemes, em direção à Galeria Pacífico, pensou que não havia nada a temer.

– Entendo o que o senhor sente – respondeu o motorista –, mas, com o devido respeito, a minha opinião é a de que o senhor não encara devidamente o assunto.

– Por quê?

– Porque se as pessoas pusessem num prato da balança os resultados bons e no outro a destruição e a dor, quer dizer, os maus, nunca haveria uma guerra nem uma revolução.

– Mas, como somos de ferro, a dor não importa – respondeu Vidal, e pensou: "Ele deve ser um desses estudantes que trabalham para se manter". – E digo mais. Não acredito nos bons resultados desta guerra.

– O senhor tem razão.

– Então?

– Não a julgue pelos resultados. É um protesto.

– Eu pergunto a você o que fez o meu amigo Néstor.

– Nada, senhor. Mas nem ao senhor nem a mim agrada o modo como andam as coisas. Também há os responsáveis.

– Quem são?

– Os que inventaram este mundo.

– E o que os velhos têm a ver com isso?

– Representam o passado. Os jovens não saem matando os magnatas, os grandes homens da história, pela simples razão de que eles já estão mortos.

Na ênfase colocada na palavra *mortos,* Vidal sentiu a hostilidade. Pensou: "Não vou contestar o raciocínio só porque vem de um inimigo". Sentiu-se agastado: em lugar de pôr toda a sua vontade e energia na busca, já estava outra vez se envolvendo em conversas que não lhe importavam. Se não recuperasse Nélida – agora entendia isso claramente –, a vida teria acabado para ele.

XLIII

O Salón Maguenta – espaçoso, de estilo mais ou menos egípcio e de coloração decididamente ocre – estava quase vazio naquela terça-feira à noite. Amplificadores amarelos, atados com arame, difundiam uma música doce em alguns momentos, em outros ansiosa, que se repetia com obstinadas variações. Na enorme pista, dançava um único par; os fregueses restantes, três ou quatro pessoas, estavam espalhados pelas mesinhas. Quando chegou ao bar, Vidal sabia que Nélida não se encontrava no salão. O homem do bar conversava com um gordo, que talvez fosse empregado da casa, talvez o patrão. Os dois continuaram a conversa, sem perceber a chegada nem a atitude expectante de Vidal. "Tem gente assim, de mentalidade pouco ágil, que só percebe o que está bem na frente do seu nariz, como se usasse antolhos", pensou Vidal e sentiu um impulso de cólera, mas lembrou que não podia se permitir tais luxos: para encontrar Nélida ia precisar da boa vontade de todos. Naquele momento, da boa vontade dos dois que continuavam ali falando, sem se incomodarem.

– E, com o conjunto La Tradición, você acertou alguma coisa?

– Foi como eu te falei.

– Eles não chiaram?

– Por que iriam chiar os mequetrefes? Deviam era pagar para tocar. Você se dá conta do que isso significa, como promoção?

– Mas enquanto isso, velho, do que eles vão viver?

– Nós também precisamos viver, e por isso estamos aqui, suando com bandeja e clientes, e não na flauta, que afinal de contas é o que eles querem.

Houve um silêncio, e então Vidal aproveitou para perguntar:

– Senhores, aqui toca um trio chamado Los Porteñitos?

– Aos sábados, domingos e feriados.

– Hoje não?

– Hoje não. O senhor não vai querer que a gente monte uma orquestra para esses náufragos, não é? – pontuou o homem do bar, indicando o salão com um gesto impreciso.

O gordo, já disposto a esquecer Vidal, comentou:

– Também seria bom apertar o cinto com esses Porteñitos. Os artistas, ou o que sejam, não devem ganhar demais. Para o bem deles mesmos. Para que não se percam.

– Os senhores conhecem – perguntou Vidal – uma moça chamada Nélida?

– Como ela é?

– De estatura mediana e cabelo castanho.

– Igual a todas – comentou o do bar.

– Chama-se Nélida – insistiu Vidal.

– Conheço uma Nelly, mas é loura – disse o gordo. – Trabalha na padaria.

O do bar protestou:

– O senhor acha, meu senhor, que eu vou reparar em cada mulher que passa por aqui? Eu já estaria tuberculoso. Acredite, aqui o que mais tem são morenas, de cabelo negro. Todas do interior. É a província em Buenos Aires.

Se não insistisse, não a encontraria nunca. Fingindo despreocupação, pediu:

– Puxem pela memória, senhores. Aposto que a conhecem.

– Não me lembro dela.

Insistiu mais uma vez, falando rapidamente, como se as palavras o queimassem:

– Foi namorada de um tal Martín, de Los Porteñitos.

– Martín – repetiu seriamente o gordo. – É com esse que você tem que falar.

O do bar garantiu:

– Não se preocupe. No sábado mesmo.

– Onde fica La Esquinita? – perguntou Vidal.

Não o escutavam.

– Logo ali – concedeu por fim o gordo. – Na esquina.

XLIV

La Esquinita era um lugar claro, de paredes caiadas. Vidal deu uma olhada da porta: havia só um freguês, um homem magérrimo, que soprava a xícara que tinha entre as mãos. "Aqui nem vou perguntar nada", disse Vidal e se afastou pela Calle Güemes.

Descia-se à FOB por uma escada em caracol bastante estreita. Aquilo parecia um depósito de carvão: um quartinho minúsculo e, sobretudo, escuro. Se Nélida estivesse ali, teria tempo de ir embora antes que ele acostumasse os olhos à penumbra. Por que atribuir a Nélida uma vontade oposta à sua? A moça sempre o tratara generosamente, mas talvez por estar um pouco desesperado temia que o amor fosse um sentimento essencialmente inseguro, que podia se voltar contra indivíduos imbecis como ele, incapazes de dominar os nervos, de ficar em casa e esperar, como tinha sido combinado... Por via das dúvidas, o melhor era ir para outro lugar até que se acostumasse à escuridão. Continuava com a mão esquerda apoiada no corrimão da escada; procurava discernir os rostos dos frequentadores e pensava: "Tomara que eu não chame a atenção. Que não me venham oferecer uma mesa". Sem dúvida estava perturbado: quando uma mão se apoiou na sua, seu coração palpitou fortemente. Do outro lado do corrimão, o encarava, quase invisível, uma mulher. Pensou: "Enquanto os olhos não se acostumarem com a escuridão, pode ser qualquer uma. O mais provável é que seja Nélida. Tomara que seja Nélida". Era Tuna.

– O que você está fazendo aqui? – disse Tuna. – Não quer sentar comigo?

Seguiu-a. Agora enxergava, como se a escuridão tivesse se dissipado.

– O que vão tomar? – indagou o garçom.

– Você se importa? – disse Tuna. – Se não pedirmos alguma coisa, eles ficam resmungando. Daqui a pouco vamos embora.

– Peça o que quiser.

Tinha certeza de que Nélida não estava ali. Perguntou-se se agora diria ou não a verdade e, antes de se decidir, explicou:

– Estou procurando uma amiga chamada Nélida.

– Deixe de embromar.

– Por quê?

– Por tudo. Primeiro pela chatice e depois...

– Não estou entendendo.

– Como não está entendendo? Um momento de obsessão e depois você se arrepende pelo resto da vida.

– Eu não estou louco, *che*.

– Certo. Mas um homem não se presta a situações que são um verdadeiro compromisso. Você chega, como diz, com a intenção mais santa, mas quer o acaso que a encontre nos braços de outro, e aí você perde a cabeça. Pode acontecer.

– Acho que não.

– Acho que não, acho que não. Por quê? Porque ela é uma santa? Se perguntar por ela, nem o mais desgraçado te dirá que a viu, mesmo que ela tenha acabado de sair.

– E se o sujeito a procura porque a ama?

– Como aquele que rabiscava *Angélica, continuo te procurando* nas paredes do motel do Vilaseco? Olha, as pessoas estão desconfiadas, evitam complicações e todo mundo apoia o que pula a cerca.

– Preciso falar com uma moça chamada Nélida, ou então com um tal de Martín.

– Deixe que eles se divirtam juntos e venha comigo ao hotelzinho do outro quarteirão. Lá tem todas as comodidades. Até música ambiente.

– Não posso, Tuna.

– Nos dias de hoje não convém ofender uma mulher jovem.

– Não quero te ofender.

Tuna sorriu. Ele lhe deu uma palmadinha no braço, pagou e saiu.

XLV

Quis ir o quanto antes à Calle Guatemala. Para confirmar a decisão, acrescentou: "Talvez ela esteja me esperando". Imaginou então os cômodos vazios e resolveu que passaria primeiro pela pensão, para perguntar a Antonia o que sabia de Nélida. Embora tivesse estado com ela por apenas algumas horas, já se acostumara à felicidade de viver juntos. Agora a Calle Güemes, por onde fazia a volta, se alongava de modo anormal; a calçada sob seus pés era dura demais e as cornijas e os adornos das fachadas inspiravam tristeza. Pensar em Nélida era um talismã contra o desalento, mas também era o temor de tê-la perdido. Para interromper esta última ruminação, se lembrou de Tuna e, sem querer, entendeu a conduta de Rey quando o levou com embustes ao motel; os meninos e os velhos fazem alarde das mulheres (seja porque *já* ou porque *ainda* as conseguem). Claro que Rey tentou envolvê-lo na pantomima de Tuna, para que depois não zombasse dele. Talvez um dos poucos ensinamentos da vida fosse que ninguém devia romper uma velha amizade por ter surpreendido uma fraqueza ou uma sordidez de um amigo. No cortiço descobriu que toda pessoa, na intimidade, é repulsivamente fraca, mas também, por causa dos compromissos de viver e morrer, valente. Pensou também que o destino era imparcialmente desigual e que ele não devia sentir orgulho, mas tão somente gratidão, pelo fato de a sorte ter-lhe reservado Nélida em lugar de Tuna.

Para não perder tempo, nem apareceria em seu quarto. Se o visse, Isidorito o reteria com perguntas – onde havia estado, por que não ficava – e não seria estranho que acabassem brigando. "Quem não se irrita ao ver o amor no próprio pai? Correndo como um garotinho atrás de uma mulher. Claro que Nélida é muito diferente. Talvez o pobre rapaz esteja inquieto, pensando que me aconteceu alguma coisa ruim, ainda que essa nova mania de detestar os mais velhos talvez o tenha transtornado. Na outra noite, quando me escondeu no sótão, tinha toda a intenção de me proteger, mas me tratou com uma desconsideração que não tolero."

Quando chegava à pensão, calou, por temor de que algum conhecido o ouvisse. Abriu sigilosamente a porta e entrou. Talvez por ter entrado como um ladrão, ou por ter vivido um dia na casa de Nélida, ou por estar ele mesmo mudado, julgou notar uma mudança no aspecto do pátio. Pareceu-lhe triste, como as fachadas das casas, um pouco antes. Todas as casas lhe recordavam outras, vistas não sabia onde, de alvenaria carregada e melancólica; devia tê-las visto num sonho.

Atravessou o primeiro pátio, bateu numa porta, aguardou. De repente percebeu que, lá dentro, uma voz sufocada repetia: "Aqui mando eu, aqui mando eu, aqui mando eu". Estava tão perturbado que por engano havia batido na porta de dona Dalmacia. Agora bateu na de Antonia. Pensou rapidamente: "Se ela não viu Nélida, vai achar que estamos brigados, por mais que eu lhe assegure o contrário. Se a viu, vai me dar más notícias". Não tinha forças para receber más notícias sobre Nélida.

– Ui, é você. Me perdoe por aparecer com este aspecto – desculpou-se Antonia, alisando o vestido. – Tinha acabado de me meter na cama. Que sorte você aparecer. Você a encontrou?

Vidal interpretou como um sinal favorável Antonia não tratá-lo de senhor. Disse a si mesmo: "Me chama de você porque é assim que trata Nélida e agora sou parte de Nélida".

– Não, não a encontrei.

– Não diga! A esta hora a pobre moça deve estar meio louca. Procurou por você na casa do padeiro, na casa de todos esses velhos loucos seus amigos. Foi até à casa do finado e ao hospital.

– Já não sei mais onde procurá-la.

– E enquanto isso você revolucionou a casa e todo mundo está te procurando. Isidorito – olha que esse não mexe um dedo por ninguém – começou a se preocupar e saiu para ver se te encontrava.

– Ele acompanhou Nélida?

– Não, cada um foi para um lado. Acho que ela foi a uma das garagens de Eladio – não à da Billinghurst, mas à da Azcuénaga, sabe?, em frente à Recoleta –, que o galego utiliza como esconderijo de velhos.

– Que barbaridade, essa menina sozinha pelas ruas.

– Ela sabe se cuidar, *che*.

– Tomara que não lhe aconteça nada por minha causa.

– Se você tivesse ficado em casa, como ela te disse.

XLVI

Ao virar na Vicente López, avistou as cúpulas e os anjos que aparecem por cima do paredão da Recoleta e percebeu com desagrado que, naquela noite, todas as casas lhe pareciam túmulos. O paredão, perto da Calle Guido, estava destroçado como se tivesse sido bombardeado. Na rua havia entulho, terra esparramada, madeiras, fragmentos de cruzes e de estátuas. Um senhor baixo, extremamente branco, balofo e cabeçudo, que com dificuldade segurava um cãozinho trêmulo pela guia, falou com ele.

– A bar-bárie – disse, com voz tão trêmula quanto o cachorrinho. – Ouviu as bombas? A primeira explodiu no próprio Asilo de Anciãos. A segunda, veja o que ela fez. Suponha, meu senhor, que tivéssemos adiantado nosso passeio. Imagine só.

O cachorrinho farejava freneticamente. De repente Vidal imaginou que toda a tristeza do cemitério transbordava por aquele buraco no muro e que ele a absorvia pelos sentidos; teve que fechar os olhos, como se fosse desmaiar. Refletiu que essa tristeza devia corresponder a uma grande desgraça. "Mas", pensou, "o estranho é que a desgraça não aconteceu." Lembrou-se de Nélida e pediu: "Que nada lhe aconteça".

Junto à calçada, havia um caminhão vermelho, adornado com desenhos brancos. Vidal passou ao largo, entrou na garagem, procurou Eladio ou o empregado, leu o letreiro *Proibida a entrada de pessoas estranhas à garagem*, esqueceu o que tinha lido, porque estava tão cansado que esquecia tudo, como se pensasse sonhando. Junto aos automóveis alinhados no fundo, surgiu uma figura com os braços erguidos. Distraidamente ouviu que o chamavam:

– Velho!

Por um instante interpretou esse chamado como uma acusação, mas em seguida reconheceu a voz de seu filho. Viu o rapaz, com os braços para cima, correndo em sua direção. "Contente em me ver. Que estranho", comentou sem ironia e também sem a menor suspeita de que muito depressa se arrependeria do comentário. Houve uma alteração nas imagens. Viu o volume desmedido, ouviu o alarido, ouviu os vidros e os ferros que continuavam caindo interminavelmente. Depois, num instante de absoluto silêncio – talvez o choque tivesse parado o motor –, entendeu por fim: o caminhão tinha atropelado Isidorito contra os carros do fundo. A esta altura, os acontecimentos se confundiam, como se o tivessem embriagado. As cenas mantinham a vividez, mas estavam embaralhadas numa ordem qualquer. Sua atenção se dirigia desesperadamente a uma espécie de arlequim reclinado sobre um automóvel. O caminhão retrocedia devagar, com muito cuidado. Vidal notou que alguém falava com ele. O caminhoneiro lhe explicava com um sorriso quase afável:

– Um traidor a menos.

Se falassem com ele, pensou Vidal, não ouviria os lamentos nem a respiração de seu filho. Agora um estranho o abraçava e dizia:

– Não olhe – Vidal reconheceu a voz de Eladio. – E arme-se de coragem.

Por cima de um ombro, viu no chão verduras caídas do caminhão, vidros quebrados e uma mancha de sangue.

XLVII

Poucos dias depois

Num banco da Plaza Las Heras, os amigos tomavam sol. Dante comentou:

– Eles já não têm medo de se mostrar, você viu?

– É mesmo – respondeu Jimi. – A praça é um viveiro de velhos. Não direi que está mais bonita, mas aqui se fica tranquilo.

– Noto que os jovens se mostram mais atenciosos e respeitosos – observou Arévalo. – Como se…

– Que desagradável se resolvessem nos atacar – observou Dante.

– Sabem o que um rapaz me dizia? – disse Jimi. – Que essa guerra foi um movimento que já falhava em sua base.

– Se você fala olhando para o outro lado, eu não te escuto – alertou Dante.

Jimi continuou:

– E sabem por que falhava na base? Porque era uma guerra necessária e a humanidade é idiota.

– Idiotas sempre foram os jovens – declarou Rey. – Ou devemos supor que há no inexperiente uma sabedoria que depois se perde?

– Sabedoria, não; integridade – opinou Arévalo. – A juventude não carece de virtudes. Por falta de tempo ou de experiência, o gosto pelo dinheiro ainda não a tomou.

Rey sentenciou:

– Uma guerra idiota num mundo idiota. O mais incapaz te acusa de velho e te elimina.

– Se você fala como se estivesse de boca cheia eu não te entendo – protestou Dante com irritação.

Vidal estava sentado ao lado deste último, na extremidade do banco. Pensou: "Dante não escuta e os outros estão interessados na conversa. Vou sumir daqui". Girou sobre si mesmo, pôs-se de pé, esgueirou-se pelo canteiro, atravessou a rua. "Não sei o que tenho, mas não os suporto mais. Não suporto mais nada. Agora, para onde vou?", perguntou-se, como se lhe restasse alguma alternativa. Para não se separar daqueles companheiros, deixaria de viver com a moça? A morte de Isidorito o desequilibrara, tirara seu ânimo para tudo.

Notou que um menino o olhava com assombro.

– Não se assuste – disse a ele. – Não estou louco; estou velho e falo sozinho.

Quando entrou em seu quarto, pensou que unicamente ao lado de Nélida a vida era tolerável. Tiraria do baú uma porção de coisas inúteis, relíquias pouco atraentes que tinha guardado por serem lembranças de outros tempos, de seus pais, da infância, dos primeiros amores, e as queimaria sem dó, guardaria apenas a melhor roupa (lá não se apresentaria senão com a melhor) e se mudaria de vez para a Calle Guatemala. Com Nélida começaria uma vida nova, sem lembranças fora de lugar. Só então viu o aparelho de rádio. Comentou: "Quer dizer que por fim Isidorito se lembrou". Ao mencionar o nome do filho, ficou absorto, como se descobrisse algo incompreensível. Bateram na porta. Teve um sobressalto, talvez pelo temor ou pela esperança de que fosse sabe-se lá quem. Era Antonia.

– Você está indo embora? – perguntou Antonia. – Você não vai acreditar, mas ela ainda te espera. De onde tirará tanta paciência?

– Não decidi nada – respondeu com sinceridade.

– Posso dizer o que eu penso? Você parece um garoto se fazendo de importante.

– A segunda infância.

– Falar com você é perder tempo. Vou dar uma volta. – Fez uma pausa e acrescentou: – Com o meu namorado.

Quando ficou sozinho, pensou: "Esses dois, tio e sobrinho, têm bastante culpa. Que faço com eles? Nada". Mudando de assunto, continuou: "Para gente como nós, a solução é uma mulher como Tuna. Não pensem que a morte de Isidorito – mordeu os lábios e, por ter começado a frase, continuou – me tornou pessimista; agora vejo as coisas como elas são. Por algum tempo o homem é livre para fazer o que lhe apraz, mas, quando está passando dos limites que a vida lhe impõe, de nada vale afirmar que vai ser feliz porque tem a sorte de ser amado". Imaginou rancorosamente o amor tal como o parodiava um bêbado quase afônico do velho armazém da esquina da Bulnes com a Paraguay: exagero de jovenzinho afetado. Lembrou-se dos últimos dias de seu pai. Embora não se afastasse da beira da cama dele, sentia que o pai estava sozinho, fora de alcance. Nada podia fazer pelo seu bem, exceto enganá-lo de vez em quando... Agora a vez de ir embora cabia a ele, e se voltasse à Calle Guatemala teria que enganar Nélida e lhe dizer que tudo continuava igual, que eram felizes, que nada de ruim poderia lhes acontecer porque se amavam. Novamente mordeu os lábios, porque disse: "Tinha razão a doutora de Isidorito: é preciso ver as coisas como elas são". Acendeu o gás e pôs a água do mate para esquentar.

XLVIII

Aproveitou a água que havia sobrado dos mates para fazer a barba. Com aplicada lentidão, como se essa ação fosse uma prova, um exame pelo qual precisava passar, fez a barba minuciosamente. Depois de secar com a toalha os restos de sabão, deslizou pelo rosto uma mão inquisitiva e ficou satisfeito. Trocou de roupa, arrumou um pouco o quarto, jogou o poncho nos ombros, apagou a luz, apanhou um molho de chaves e saiu.

Caminhou com passos rápidos, atento só ao trajeto. Como se quisesse distraí-lo, a rua não demorou a lhe apresentar uma surpresa. Com efeito, ao dobrar na Salguero se encontrou com Antonia e seu namorado, mas este já não era o sobrinho de Bogliolo, e sim Faber.

– Não me dá os parabéns? – perguntou o velho, com voz de corneta e sorriso molhado.

– Aos dois – respondeu Vidal sem se deter, e pensou que o fato de o casal ser ou não ser uma vergonha não lhe interessava.

Já estava chegando, quando uns garotinhos que saltavam num pé só pela calçada vedaram-lhe a passagem.

– Espere, senhor – disseram. – Estamos brincando de correspondentes de guerra. Queremos suas impressões sobre esta paz.

– E por que estão saltando num pé só?

– Estamos feridos. O senhor pode nos dizer suas impressões?

– Não tenho tempo.

– Podemos esperá-lo?

– Esperem.

Empurrou o portãozinho de ferro, atravessou o jardim, entrou na casa, correu escada acima. Quando o viu, Nélida abriu os braços.

– Até que enfim! – exclamou e caiu no choro. – Por que você demorou? Por causa do que aconteceu? Que desgraça, meu querido! Não sentiu minha falta? Eu, se estou triste, quero ter você ao meu lado. Você sofreu muito? Já não me amava mais? Eu te amo, sabia? Te amo, te amo…

Nélida seguiu exclamando, protestando, gemendo, perguntando, como se não fosse se calar nunca, até que Vidal a segurou com firmeza, a empurrou para dentro, a deitou na cama.

– A porta está aberta – murmurou Nélida.

Vidal respondeu:

– Depois a gente fecha.

XLIX

– Agora vou fechar a porta – anunciou Nélida. – Então não adivinha o que estou pensando? Tomara que nos tenham visto, assim ficam sabendo como você me ama.

– Estou com fome – disse Vidal.

– Você me abraçava como se fosse me devorar. Vou fazer o jantar. Enquanto isso tire uma soneca.

Vidal provavelmente não ouviu a última frase, porque dormiu em seguida. Como nos contos, ao acordar um banquete o aguardava: mesa posta com toalha e guardanapos, dois pratos, sobremesa, vinho tinto. Vendo-o comer, Nélida exclamou:

– Não estou te reconhecendo.

– O que é que eu tenho?

– Não sei, hoje estou te achando muito bem-disposto, para qualquer coisa.

– E isso te desagrada?

– Ao contrário. É como se pela primeira vez você estivesse todo aqui, comigo. Agora, sim, me parece que posso contar com você. – Nem bem afirmou isso, Nélida se assustou: – Você vai ficar, não é verdade?

Vidal respondeu:

– Não. Agora tenho o que fazer.

– Vai voltar esta noite?

– Se puder, sim.

Beijou-a. Nélida lhe disse:

– Leve o poncho, que esfriou.

Em vez dos meninos, na saída encontrou um grupo de rapagões distribuídos em duas fileiras, uma encostada nas casas, outra no meio-fio. Enquanto passava no meio deles, um dos jovens cantarolou:

– *Cómo se pianta la vida del muchacho calavera.**

– Aviso que tudo isso já acabou – disse Vidal e seguiu andando.

No café da Plaza Las Heras, os amigos o receberam com aplausos.

– Eladio está substituindo Néstor – explicou Dante.

O próprio Jimi admitiu que naquela noite Vidal jogou bem. De resto, Jimi se mostrou astuto como sempre, Rey faminto de azeitonas e amendoins, Arévalo irônico, Dante lento e surdo: de modo que tudo estava em ordem, e quando Eladio disse que um homem se sentia à vontade em reuniões como aquela, manifestou o sentimento geral. Ainda assim, como o time de Vidal ganhava todas as partidas, os perdedores não demoraram a se queixar da sorte que só alguns têm. Jogaram até altas horas. Depois Rey perguntou:

– Isidro, aonde você vai?

– Não sei – respondeu Vidal, e se afastou resolutamente noite adentro, porque queria voltar sozinho.

* "Como se perde a vida do rapaz libertino", letra do já citado tango, de Carlos Viván. (N.T.)

BIBLIOGRAFIA

A bibliografia mais completa sobre o escritor está no livro de Daniel Martino, *ABC de Adolfo Bioy Casares* (3ª ed., Buenos Aires: Emecé, 2005).

ROMANCES E NOVELAS

La nueva tormenta o La vida múltiple de Juan Ruteno. Buenos Aires: edição do autor, impressa por F. A. Colombo, 1935. Ilustrações de Silvina Ocampo.
La invención de Morel. Buenos Aires: Losada, 1940. Prólogo de Jorge Luis Borges.
Plan de evasión. Buenos Aires: Emecé, 1945.
El sueño de los héroes. Buenos Aires: Losada, 1954.
Diario de la guerra del cerdo. Buenos Aires: Emecé, 1969.
Dormir al sol. Buenos Aires: Emecé, 1973.
La aventura de un fotógrafo en La Plata. Buenos Aires: Emecé, 1985.
Clave para un amor. Buenos Aires: Losada, 1991.
Un campeón desparejo. Buenos Aires: Tusquets, 1993.
De un mundo a otro. Buenos Aires: Temas, 1999.

CONTOS

Prólogo. Buenos Aires: Biblos, 1929.
17 disparos contra lo porvenir. Buenos Aires: Tor, 1933.
[Sob pseudônimo de Martín Sacastrú]
Caos. Buenos Aires: Viau y Zona, 1934.
La estatua casera. Buenos Aires: Jacarandá, 1936.

Luis Greve muerto. Buenos Aires: Destiempo, 1937.
El perjurio de la nieve. Buenos Aires: Emecé, 1944.
La trama celeste. Buenos Aires: Sur, 1948.
Las vísperas de Fausto. Buenos Aires: Arturo J. Álvarez, 1949. Ilustrações de Héctor Basaldúa.
Homenaje a Francisco Almeyra. Buenos Aires: Destiempo, 1954.
Historia prodigiosa. Cidade do México: Obregón, 1956.
Guirnalda con amores. Buenos Aires: Emecé, 1959.
El lado de la sombra. Buenos Aires: Emecé, 1962.
El gran Serafín. Buenos Aires: Emecé, 1967.
El héroe de las mujeres. Buenos Aires: Emecé, 1978.
Una muñeca rusa. Barcelona: Tusquets, 1991.
Una magia modesta. Barcelona: Tusquets, 1998.

ENSAIOS

La otra aventura. Buenos Aires: Galerna, 1969.
Breve diccionario del argentino exquisito. Buenos Aires: Barrios Merino, 1971.
[Sob pseudônimo de Javier Miranda]
Memoria de la pampa y los gauchos. Buenos Aires: Sur, 1970.

TEATRO

Siete soñadores, Sur, n. 314, Buenos Aires, set.-out. 1968.

ANTOLOGIAS

Adolfo Bioy Casares. Buenos Aires: Ediciones Culturales Argentinas, 1963.
Adversos milagros. Caracas: Monte Ávila, 1969.
Historias fantásticas. Buenos Aires: Emecé, 1972.
Historias de amor. Buenos Aires: Emecé, 1972.
La trama celeste y otros relatos. Buenos Aires: Centro Editor de América Latina, 1983.
Genio y figura de Adolfo Bioy Casares. Buenos Aires: Eudeba, 1983.
Obras escogidas. Buenos Aires: Círculo de Lectores, 1985.

Páginas de Adolfo Bioy Casares seleccionadas por el autor. Buenos Aires: Celtia, 1985.
Historias desaforadas. Buenos Aires: Emecé, 1986.
El viaje y la otra realidad. Buenos Aires: Felro, 1988.
La invención y la trama. Cidade do México: Fondo de Cultura Económica, 1988.
De las cosas maravillosas. Buenos Aires: Emecé, 1999.

TEXTOS AUTOBIOGRÁFICOS

Unos días en el Brasil. Buenos Aires: Grupo Editor Latinoamericano, 1991.
De jardines ajenos. Buenos Aires: Tusquets, 1997.
Memorias: infancia, adolescencia, y cómo se hace un escritor. Barcelona: Tusquets, 1999.
Descanso de caminantes: diarios intimos. Buenos Aires: Sudamericana, 2001. [Publicação póstuma]
Borges. Barcelona: Ediciones Destino, 2006. [Publicação póstuma]

OBRAS EM COLABORAÇÃO COM JORGE LUIS BORGES

Seis problemas para don Isidro Parodi. Buenos Aires: Sur, 1942.
[Sob pseudônimo de H. Bustos Domecq]
Dos fantasías memorables. Buenos Aires: Oportet y Haereses, 1946.
[Sob pseudônimo de H. Bustos Domecq]
Un modelo para la muerte. Buenos Aires: Oportet y Haereses, 1946.
[Sob pseudônimo de B. Suárez Lynch]
Misceláneas. Buenos Aires: Raigal, 1955. Incluído em *Cuentos breves y extraordinarios*, de Adolfo Bioy Casares e Jorge Luis Borges.
Misceláneas. Buenos Aires: Sur, 1960. Incluído em *Libro del cielo y del infierno*, de Adolfo Bioy Casares e Jorge Luis Borges.
Crónicas de Bustos Domecq. Buenos Aires: Losada, 1967.
Nuevos cuentos de Bustos Domecq. Buenos Aires: La Ciudad, 1977.

OBRA EM COLABORAÇÃO COM SILVINA OCAMPO

Los que aman, odian. Buenos Aires: Emecé, 1946.

ANTOLOGIAS FEITAS COM JORGE LUIS BORGES E SILVINA OCAMPO

Antología de la literatura fantástica. Buenos Aires: Sudamericana, 1940. Prólogo de Bioy Casares; seleção de Silvina Ocampo, Jorge Luis Borges e Bioy Casares.

Antología poética argentina. Buenos Aires: Sudamericana, 1941. Prólogo de Jorge Luis Borges; seleção de Adolfo Bioy Casares, Jorge Luis Borges e Silvina Ocampo.

Los mejores cuentos policiales. Primera serie. Buenos Aires: Emecé, 1943. Seleção e tradução de Jorge Luis Borges e Adolfo Bioy Casares.

Prosa y verso de Francisco de Quevedo. Buenos Aires: Emecé, 1948. Seleção e notas de Jorge Luis Borges e Adolfo Bioy Casares.

Los mejores cuentos policiales. Segunda serie. Buenos Aires: Emecé, 1951. Seleção e tradução de Jorge Luis Borges e Adolfo Bioy Casares.

Poesía gauchesca. Cidade do México: Fondo de Cultura Económica, 1955. Notas e glossário de Jorge Luis Borges e Adolfo Bioy Casares.

Cuentos breves y extraordinarios. Buenos Aires: Raigal, 1955. Seleção e nota preliminar de Jorge Luis Borges e Adolfo Bioy Casares.

Hilario Ascasubi: Paulino Lucero. Aniceto el Gallo. Santos Vega. Buenos Aires: Eudeba, 1960. Seleção de Jorge Luis Borges; notas de Jorge Luis Borges, Adolfo Bioy Casares e Hilario Ascasubi.

Libro del cielo y del infierno. Buenos Aires: Sur, 1960. Prólogo e seleção de Jorge Luis Borges e Adolfo Bioy Casares.

ARTIGOS SOBRE O AUTOR

BORGES, Jorge Luis. "La estatua casera". *Sur*, n. 18, Buenos Aires, mar. 1936.

______. "Luis Greve muerto". *Sur*, n. 39, Buenos Aires, dez. 1937.

______. "El sueño de los héroes". *Sur*, n. 88-89, Buenos Aires, jul.-ago. 1955.

COZARINSKY, Edgardo. "Grinalda con amores". *Sur*, n. 261, Buenos Aires, nov.-dez. 1959.

ECHEVERRÍA, Evelio. "*Diario de la guerra del cerdo*". *Revista Iberoamericana*, n. 73, Pittsburg, out.-dez. 1970.

MASTRONARDI, Carlos. "*La trama celeste*", in *Ficciones argentinas: Antología de lecturas críticas.* Buenos Aires: Norma, 2004.

PAZ, Octavio. "Hombre profondo", *Diario 16*, Madri, 20 abr. 1991.

PETERSEN, Claudia G. *El tiempo en El sueño de los héroes*. Universidade de Lausanne, jul. 1983.

PICHON RIVIÉRE, Marcelo. "El calamar opta por su tinta". *Panorama*, Buenos Aires, 28 mar. 1972.

REST, Jaime. "Las invenciones de Bioy Casares", in *Ficciones argentinas: Antología de lecturas críticas*. Buenos Aires: Norma, 2004.

RIVERA, Jorge B. "Lo arquetípico en la narrativa argentina del 40", in *Ficciones argentinas: Antología de lecturas críticas*. Buenos Aires: Norma, 2004.

ROBBE-GRILLET, Alain. "A. Bioy Casares: *L'invention de Morel*", *Critique*, n. 9, Paris, fev. 1953.

RODRÍGUEZ MONEGAL, Emir. "La invención de Bioy Casares", *Plural*, n. 29, México, fev. 1974.

SÁBATO, Ernesto. "Plan de evasión", *Sur*, n. 133, Buenos Aires, nov. 1945.

SARLO, Beatriz. "Ciudades y máquinas proféticas", in *Escritos sobre literatura argentina*. Buenos Aires: Siglo Veintiuno, 2007.

TAMARGO, María Isabel. "*La invención de Morel*: lectura y lectores", *Revista Iberoamericana*, n. 96-97, Pittsburg, jul.-dez. 1976.

VILA-MATAS, Enrique. "Chevrolet prestado", *Diario 16*, Madri, 20 abr. 1991.

VIÑAS, David. "Bioy Casares: entregarse a la inmortalidad", in *De Sarmiento a Cortázar*. Buenos Aires: Siglo XX, 1974.

EM PORTUGUÊS

Diário da guerra do porco, trad. Vera Neves Pedroso. Rio de Janeiro: Expressão e Cultura, 1972.

A máquina fantástica [*La invención de Morel*], trad. Vera Neves Pedroso. São Paulo: Círculo do Livro, 1974.

Crônicas de Bustos Domecq, trad. Janer Cristaldo . Em colaboração com Jorge Luis Borges. São Paulo: Alfa-Ômega, 1976.

A invenção de Morel, trad. Vera Neves Pedroso. Rio de Janeiro: Rocco, 1986.

Histórias de amor, trad. Remy Gorga Filho. Porto Alegre: L&PM, 1987.

O sonho dos heróis, trad. Andréa Ramal. Rio de Janeiro: José Olympio, 1991.

Seis problemas para dom Isidro Parodi, trad. Eric Nepomuceno. Em colaboração com Jorge Luis Borges. Rio de Janeiro: Dantes, 2001.

A invenção de Morel, trad. Samuel Titan Jr. São Paulo: Cosac Naify, 2006. Prólogo de Jorge Luis Borges.

Histórias fantásticas, trad. José Geraldo Couto. São Paulo: Cosac Naify, 2006.

O sonho dos heróis, trad. José Geraldo do Couto. São Paulo: Cosac Naify, 2008.

CINEMA E TELEVISÃO

El Crimen de Oribe [Leopoldo Torre Nilsson e Leopoldo Torres Ríos, 1950]. Inspirado no conto "O perjúrio da neve".

Los orilleros. El paraíso de los creyentes. Buenos Aires: Losada, 1955. [Roteiros]

L'Invention de Morel [Claude-Jean Bonnardot, 1967]. Adaptação para TV.

Invasión [Hugo Santiago, 1969]. Roteiro de Jorge Luis Borges e Adolfo Bioy Casares que teria inspirado *Alphaville*, de Jean-Luc Godard.

L'Invenzione di Morel [Emidio Greco, 1974]

Les Autres [Hugo Santiago, 1974]. Roteiro de Jorge Luis Borges e Adolfo Bioy Casares.

La guerra del cerdo [Leopoldo Torre Nilsson, 1975]

Los orilleros [Ricardo Luna, 1975]

In Memoriam [Enrique Brasó, 1977]. Inspirado no conto "Em memória de Paulina".

I problemi di don Isidro Parodi [Andrea Frezza, 1978]. Adaptação para TV, com Fernando Rey no papel de *don* Isidro.

El atajo [José María Paolantonio, 1981]. Adaptação para TV.

Otra esperanza [Mercedes Furtos, 1984]

El gran Serafín [José María Ulloque, 1987]

Entrevista a Adolfo Bioy Casares [Darío Arcella e Marina Rubino, 1997]. Documentário.

El sueño de los héroes [Sergio Renán, 1997]

Encrucijada [2002]. Adaptação para TV.

Dormir al sol [Alejandro Chomski, 2003]

La invención de Morel [Andrés Garcia, 2006]. Curta-metragem.

CAPA: © Lux/Corbis/Corbis (DC)/Latinstock

GUARDAS: fotografias de Horacio Coppola
Calle California, Vuelta de Rocha, La Boca. Buenos Aires, 1931
Avenida La Plata, esquina com Rivadavia. Buenos Aires, 1936

PÁGINAS 2-3: © Lux/Corbis/Corbis (DC)/Latinstock

p. 194: Adolfo Bioy Casares por Alicia D'Amico, 1968

Coordenação editorial AUGUSTO MASSI e LIVIA DEORSOLA
Projeto gráfico FLÁVIA CASTANHEIRA e GABRIELA CASTRO
Preparação MARIA CECÍLIA CAROPRESO
Revisão ISABEL JORGE CURY e MARIA FERNANDA ALVARES
Tratamento de imagem WAGNER FERNANDES
Produção gráfica LILIA GOES

Publicado no âmbito do Programa Sur de Apoyo a las Traducciones, do Ministerio de Relaciones Exteriores, Comercio Internacional y Culto de la República Argentina.

Dados Internacionais de Catalogação na Publicação (CIP)
(Câmara Brasileira do Livro, SP, Brasil)

Bioy Casares, Adolfo [1914-1999]
O diário da guerra do porco: Adolfo Bioy Casares
Título original: *Diario de la guerra del cerdo*
Tradução: José Geraldo Couto
São Paulo: Cosac Naify, 2010
208 pp., 4 ils.

ISBN 978-85-7503-941-0

1. Ficção argentina I. Título

10-08950 CDD-ar863

Índices para catálogo sistemático:
1. Ficção: Literatura argentina ar863

COSAC NAIFY
Rua General Jardim, 770, 2º andar
01223-010 São Paulo SP
Tel (55 11) 3218 1444
www.cosacnaify.com.br

Atendimento ao professor (55 11) 3218 1473

SOC
PARTIDO SOCIALISTA
PARTIDO SOCIALISTA
COMO SIEMPRE
COMO SIEMPRE
Vote por el Radicalismo y salvará la Democracia
VOTE EN BLANCO
VOTE EN BLANCO
Voz Populi Voz Dei U.C.R La voz del pueblo
Vote por el RADICALISMO y salvará la DEMOCRACIA